I0588461

SALVATA DALLO ZANDIANO

RENEE ROSE

REBEL WEST

Traduzione di
EMA FERRARI

 Creato con Vellum

OTTIENI IL TUO LIBRO GRATIS!

Iscrivetevi alla newsletter di Renee per ricevere Indomita, scene bonus gratuite e notifiche riguardo a nuove pubblicazioni!

https://subscribepage.com/reneeroseit

PROLOGO

S*ia* «D'ora in poi risponderai a me.» Il guerriero zandiano che mi aveva salvata dalla morte sorrise, ma c'era un luccichio dominante nel suo sguardo. Mi fece venire la pelle d'oca.

Il mio nuovo padrone apprezzava chiaramente il controllo.

Non ero mai stata una schiava del piacere, ma qualcosa nel suo sguardo – o forse erano le spalle larghe e la pelle viola – trasmetteva una vampata di desiderio.

Mi avrebbe chiesto di dargli piacere?

Per qualche strano motivo, mi ritrovai a sperare che lo facesse.

Il mio corpo desiderava questo potente guerriero in un modo in cui non avevo mai desiderato un maschio prima. Gli ocreziani, la specie del mio precedente padrone, erano creature disgustose e trasandate, ma questo maschio con le antenne era eccezionale. Feroce. Bellissimo.

«Dopotutto, sei stata tu stessa a chiedere di me.» Le sue antenne sembrarono inclinarsi nella mia direzione.

«L'ho fatto.» I miei ricordi da quando eravamo state picchiate dagli ocreziani e lasciate a morire su un pianeta desolato erano confusi, ma questo lo ricordavo. Mi ero svegliata desiderando solo lui. Bramando di sentire di nuovo le sue braccia attorno a me. Il tocco delle sue grandi dita sulla pelle. Il rombo profondo e rassicurante della sua voce. Sentii le guance accaldarsi.

«Quindi per ora sei mia. Il mio compito come tuo padrone è proteggerti e aiutarti a guarire. Tenerti al sicuro. Farti riacquistare la memoria. Ma anche assicurarmi che tu ti possa adattare a Zandia e accettare il tuo ruolo qui.»

Inarcò la fronte liscia, quasi glabra. «Mi obbedirai. Qui su Zandia siamo padroni indulgenti e concediamo molte libertà alle nostre umane. Tuttavia, sei ancora sotto la mia responsabilità.»

Si contrasse la pancia. Non per paura. Per qualcosa di nuovo e diverso. «Capito.»

«Davvero?» Un sorriso gli incurvò le labbra: un sorriso oscuro e pericoloso.

Mi sentii pizzicare i capezzoli. Cosa diavolo mi stava succedendo? Non mi ero mai sentita così prima. «Sarò obbediente.»

«Lo sarai.» Ridacchiò e il mio cuore si contrasse. «In caso contrario, i padroni zandiani hanno dei modi per mantenere le umane più obbedienti.»

Per qualche ragione, non la registrai come una minaccia. Piuttosto come un'allusione. Una provocazione. Soprattutto quando fece una pausa e mi sussurrò all'orecchio. «Vedrai.»

Lo sfioramento delle sue labbra mi elettrizzò. Aveva tutta la mia attenzione adesso. Era quasi come se fossimo legati da cavi elettrici invisibili.

Era quasi come se gli piacesse l'idea di punirmi.

Aprii le labbra. Mi tremò l'interno delle cosce. «Cosa intendi?» Mi stavo sciogliendo. Il mio corpo voleva qualcosa che non avevo mai avuto. Non solo mi piaceva questa nuova sensazione, la desideravo.

«Abbiamo metodi unici per legare un'umana al padrone», mormorò. «Non preoccuparti: la maggior parte delle umane arriva ad apprezzare i metodi dei padroni zandiani tanto quanto loro.»

Mi sfiorò la guancia con le nocche. «Ma per ora, vediamo di cosa hai bisogno per tornare al massimo delle forze. Aspetta qui.»

«Non è che io abbia scelta» mormorai. Come mi era venuto? Sapevo bene che non si doveva rispondere a un padrone. Ma qualcosa in me voleva far scattare i suoi interruttori. Non sapevo nemmeno perché, forse aveva a che fare con quella sensazione che le sue labbra mi avevano suscitato nel profondo. Ne volevo di più.

«La risposta corretta» – mi prese il mento tra le mani e lo tenne fermo – «è *sì, padrone*.»

Lo guardai sbattendo le palpebre. La sua presa non era affatto dolorosa, ma autoritaria. Ferma.

«Dillo, Sia. Ho bisogno della tua obbedienza immediata. Ora. E ogni volta che lo chiedo.»

CAPITOLO UNO

PIANETA: SIMAK 14

Una rotazione di pianeta prima...

Sia Il dolore mi esplose nella guancia.

Il volto verrucoso della guardia ocreziana si deformò per la rabbia mentre si chinava. «Schiava idiota. Perché non ci hai detto che non eri destinata al piacere?» Alla minaccia si aggiunse una nota di panico. «Ora ci mancano le schiave di cui abbiamo bisogno. È colpa tua!» Il suo alito disgustoso mi investì come i morbidi tentacoli di un cadavere gonfio. Cosa che sarei stata anche io, abbastanza presto, se non avessi fermato il suo attacco.

«Per favore.» La mia voce era stridula mentre mi si annebbiava la vista. «Non lo sapevamo. Mi dispiace.» Mi aveva scelta nel gruppo come portavoce e io soffrivo perché non riuscivo a dargli le risposte che voleva.

Quando ringhiò, la mia paura aumentò. Improvvisai: «Farò meglio!» Avevo la gola secca, ma gridai fuori le parole, sperando di trovare la magica combinazione di suoni per fargli smettere di farci del male. Le mie precedenti suppliche: «Le schiave vanno dove gli viene detto» e «Ci hai ordinato di salire sulla navicella cargo, quindi l'abbiamo fatto.» Mi avevano solo procurato pugni in faccia e calci allo stomaco, quindi le mie scuse erano tutto ciò che avevo.

«Non riesco a capirti.» La sua pelle grigio-verde era chiazzata di foruncoli: riuscivo a vederli anche se mi si stava appannando la vista, come se stessi guardando in un buco. Lui tirò indietro la gamba e io piagnucolai e mi accucciai, ma il calcio mi arrivò alla testa. «Per favore!» Piansi, mentre un dolore incandescente mi attraversava il cranio e mi sfrigolava lungo il collo fino a raggiungere tutti i nervi. L'impianto doveva essersi allentato, stava per...

All'improvviso sapevo cosa dire e, nonostante il dolore alla testa, lo gridai: «Fermo! Sono Alpha Due! Una sperimentale! Siamo tutte Alpha Due!»

L'attacco si fermò. «Fermo!» La voce della seconda guardia era tesa e si sentirono i rumori di una breve colluttazione. «Il comandante ci arrostirà vivi se danneggeremo qualcuna delle sue Sperimentali.» E poi: «Alfa Due? Che cos'è?»

Grazie alle stelle, avevo pensato di dirlo. Avrei riso se avessi potuto: la condizione che non mi aveva portato altro che dolore ora avrebbe potuto salvarmi la vita. Per quanto miserabile fosse, la volevo ancora.

Imprecazioni e mormorii sovrastavano il vento costante che soffiava sull'alta erba gialla, il suono freddo e vuoto di questo pianeta arido. Stavo congelando, morendo, mentre gli ocreziani discutevano a bassa voce. «Nei guai... dovremmo... sbarazzarci di loro e dire questo... o portarle... un attacco? Per ora... legatele... mettetele... vecchia capanna.»

Le parole lentamente cessarono di avere significato. Il mio corpo si stava svuotando, pensavo, e il soffio torturato del mio respiro attraverso il liquido ferroso nella mia bocca avanzava, finché non riuscii a sentire altro. Anche il vento si era zittito contro il mio respiro.

«Per favore» sussurrai... o pensai di farlo. Almeno ci provai. Agli ocreziani non sarebbe importato; non provavano alcun sentimento per le loro schiave umane al di là degli stein che potevano portare in una vendita o del lavoro che potevano svolgere per accrescere abbondanza e utilità. Questi due in particolare si preoccupavano solo di qualunque accordo stessero facendo e di salvare la propria carriera dopo aver preso schiave che non avrebbero dovuto prendere. Stavo invocando tutti gli universi vicini e lontani, nella speranza, assolutamente improbabile, che le mie supliche sarebbero state ascoltate in una stella lontana. O magari, volevo semplicemente convincermi di essere ancora viva. Ma strinsi i polsi e tirai fuori tutte le speranze che avevo, nel caso potessero portarmi qualcosa di buono. «Dolce Madre Terra, ti prego.»

* * *

Daven

Mi tuffai nell'erba secca alta fino alla vita. «Stai giù!» sibilai. «Mettiti al riparo. Stanno guardando da questa parte.»

Axe, il mio secondo in comando, grugnì, si girò e si abbassò. «Pensavo che fossimo riusciti a fuggire inosservati dopo aver recuperato il dispositivo di registrazione.» La sua voce era così bassa che la sentivo a malapena.

«Anch'io, ma stanno controllando il perimetro.» Scrutai verso l'accampamento ocreziano.

I miei occhi si erano già adattati alla notte scura come l'inchiostro su Simak 14, un pianeta straniero apparentemente disabitato, e usavo solo la luce delle stelle per vedere. La visione notturna sul mio oculare migliorava la visione.

A poca distanza da noi, diversi ocreziani tozzi camminavano in cerchi sempre più ampi, tenendo in mano barre luminose. E armi. Erano per noi?

Era uno strano miracolo del destino che avessimo trovato la loro navicella qui: dopo aver visto che toglievano l'occultamento e atterravano, non eravamo riusciti a resistere all'opportunità di spiarli, dal momento che avevamo una navicella completamente occultata che avrebbe potuto atterrare senza che se ne accorgessero. Non capitava ad ogni rotazione del pianeta che noi zandiani ottenessimo un posto in prima fila per vedere cosa stavano pianificando gli ocreziani, e ultimamente questo tipo di informazioni era più importante che mai.

La vista dei loro corpi verrucosi e puzzolenti mi irritò. Gli ocreziani, la specie più grande e potente della galassia, avevano offerto rifugio al nostro principe dopo che i finn avevano conquistato il nostro pianeta, ma ora che lo avevamo riconquistato e stavamo lavorando al ripopolamento, le relazioni erano diventate tese.

Sussurrai mentre guardavo. «Non so perché gi ocreziani si incontrano qui con gli artigiani tecnologici karran.» I karran erano alti e i loro grandi occhi traslucidi brillavano come neon nel mio visore notturno. Si tenevano indietro, dietro gli ocreziani.

«Strano. Di solito non fanno affari insieme.» Axe mise una mano sulla sua pistola laser. «Dobbiamo evitare uno scontro.»

«Lo so. Stai giù. Non credo che ci vedano.»

Da qui non potevamo sentire la conversazione degli ocreziani, ma i loro corpi erano tesi. Stavano in guardia. I karran (notai che non portavano armi) sembravano nervosi, i loro lunghi colli si piegavano e si abbassavano.

Il loro gruppo aveva allestito un piccolo accampamento e dietro c'erano i loro velivoli, quattro grandi portaerei ocreziane e due navicelle da trasporto karran più piccole.

Senza occultamento. Chiaramente non si aspettavano visitatori.

«Dobbiamo tornare alla nostra navicella. Andare via da qui, *kazo*, e tornare a Zandia.»

A circa trecento metri di distanza, c'era una baracca fatiscente. Si ergeva solitaria in questa vasta distesa di cespugli secchi ed erba bruciata.

Indicai la baracca lontana. «Non è sulla strada diretta verso la nostra navicella, ma se ci nascondiamo là per un po', possiamo essere sicuri che nessun essere ci stia seguendo.»

«Sono d'accordo.» Axe annuì. «Al tuo segnale.»

«Andiamo.» Ci alzammo e corremmo verso l'edificio, con i polmoni che bruciavano nell'atmosfera più rarefatta.

Nessun colpo sfrigolò oltre la nostra pelle o dentro i nostri corpi mimetizzati - grazie, *kazo* -, e in pochi secondi ci ritrovammo dietro la struttura, ansimando, sbirciando ai lati, con le pistole alzate. Guardandoci intorno, per ogni evenienza.

Mi sforzai di calmare il respiro, così da poter sentire.

Non c'era alcun suono oltre al continuo ululato basso del vento che faceva muovere costantemente l'erba. Questo pianeta, sebbene l'atmosfera fosse abbastanza simile a quella a cui erano abituati i nostri corpi, sembrava essere completamente vuoto. Tranne, ovviamente, per gli ocreziani che ci avevano quasi sorpresi a spiare fuori dal loro accampamento, mentre facevamo riprese a lungo raggio.

«Pare che questo pianeta sia disabitato» osservò Axe. «E intatto. Per trattato intergalattico.»

Lo schernii. «Nessun essere onora quei trattati. In ogni caso, un pianeta abbandonato è il luogo perfetto in cui gli ocreziani possono allestire una stazione segreta per lo stoccaggio del commercio illegale.»

«È proprio questo il punto.» La voce di Axe era cauta. «Se questa è una stazione di contrattazione, è davvero misera.

C'è solo questa piccola capanna? Tra l'altro vecchia? Non l'hanno costruita loro, è qui da secoli.»

«Forse la loro registrazione olografica ci fornirà maggiori informazioni.» Toccai di nuovo la borsa. «La analizzeremo su Zandia. L'audio capta più di quanto le nostre orecchie possano sentire.»

«Speriamo che siano buone informazioni.» La voce di Axe era bassa.

«Al tre, corri alla nostra navicella.»

Annuì.

«Uno, due -»

Un rumore improvviso all'interno della baracca mi fermò. Saltammo entrambi sull'attenti.

«Che *kazo* è stato?» chiese Axe.

«Aiuto, vi prego.» Era una voce debole, che parlava in ocreziano. Sembrava femminile. Giovane. «Vi prego. Aiutatemi.»

Axe aggrottò la fronte e mi guardò. «Non possiamo aiutarla. Se lo facciamo, gli ocreziani sapranno che qualcuno è stato qui. Li renderà sospettosi. Dobbiamo pensare alla missione.»

La voce era roca e disperata. «Sto morendo. Per favore. Non vi capisco, ma ho sentito la parola Zandia. Siete zandiani? Aiutatemi vi prego.»

«Sembra umana.»

Io e Axe ci guardammo e il suo cipiglio aumentò. Non gli piacevano gli umani. «*Kazo*» mormorò.

Strinsi le labbra. «Cambio dei piani. La prendiamo, non importa di che specie è. Se è stata con gli ocreziani, avrà ulteriori informazioni sui loro piani che potrebbero essere inestimabili.»

Axe considerò la cosa con un cipiglio più marcato. «Vero.»

«Se la lasciamo qui, potrebbe rovinare la nostra missione

con una sola parola. Se sopravvive e racconta agli ocreziani di aver sentito gli zandiani parlare fuori dalla capanna? Gli ocreziani potrebbero andarsene e qualunque cosa abbiamo scoperto qui sarà inutile. Lo sai che sono volubili e, viste le nostre relazioni tese, non possiamo rischiare di aggravarle con lo spionaggio.»

«*Kazo, kazo, kazo*» ringhiò Axe. «Non è così che doveva andare.»

«Non siamo stati nemmeno autorizzati ad atterrare qui dal Maestro Seke.» La mia voce era ironica quando menzionai il nostro comandante e maestro d'armi. «Ha detto che era troppo pericoloso. Forse questo essere umano ci fornirà informazioni sufficienti, che insieme all'ologramma, lo renderanno utile.»

In realtà non ero preoccupato per ciò che avrebbe fatto il Maestro Seke; dopotutto si fidava di noi. Perché avevamo un disperato bisogno di sapere cosa stessero progettando gli ocreziani. Gli esseri umani sul nostro pianeta erano a rischio.

Provai la porta della baracca: si aprì facilmente, senza serrature. Controllammo la presenza di trappole o trucchi, ma sembrava che non ce ne fossero: solo una minuscola figura sdraiata in un angolo, che respirava con difficoltà. Anche nella penombra, potevo vedere che avevo ragione: era un'umana.

Era sporca, il suo caftano sottile era strappato e macchiato, rivelava un corpo flessibile legato con corde così strette da bloccarle la circolazione. La pelle attorno alle labbra era screpolata e rotta. Sulla testa aveva una ferita; c'erano un enorme livido e sangue secco sulla fronte e sulla parte superiore del cranio: era stata colpita da qualcosa? Presa a calci con uno stivale? Non sembrava una bella situazione. Cercai di valutare il danno, ignorando la reazione che il mio corpo ebbe nei suoi confronti. Sotto lo sporco e i danni, era chiaro che fosse bellissima. Stupenda, davvero.

«Ho bisogno di... fluido.» Sbatté le palpebre.

Mi chinai e mi avvicinai al suo viso. Parlai in ocreziano. «Siamo qui per aiutarti.»

«Vi prego.» Sembrava non capire, anche se parlavo la sua lingua. Gli esseri umani erano schiavi degli ocreziani da oltre duemila anni.

Le relazioni tese tra Zandia e Ocrezia derivavano dal fatto che avevamo appreso che la specie con cui eravamo più compatibili era quella umana. In apparenza, questo non sembrava un problema. Loro possedevano schiave: noi le compravamo per riprodurci.

Solo che non aveva funzionato in questo modo. Il nostro principe, ora re, si era innamorato della sua procreatrice umana. In effetti, ogni zandiano che aveva preso un'umana per riprodursi si era innamorato. La loro specie ci cambiava. Si legavano fortemente a noi e il nostro bisogno di prenderci cura di loro e di proteggerli faceva emergere emozioni che i guerrieri zandiani non avevano.

E così gli ocreziani e le loro leggi galattiche che vietavano la libertà umana erano arrivati a irritarci. Le tensioni tra le nostre due specie stavano aumentando mentre nella galassia si era diffusa la voce che concedevamo alle umane una grande quantità di libero arbitrio sul nostro pianeta.

«Chi sei? Perché ti hanno lasciato qui così?» Le toccai la guancia. Ero infuriato che qualsiasi essere potesse lasciare un'umana in un tale stato. Era crudele oltre ogni immaginazione.

Sbatté le palpebre ma non parlò. Il suo sguardo sembrava selvaggio.

Qui dentro c'era puzza, molta più di quanto puzzasse il suo corpo. Mi guardai ancora intorno, ma il piccolo spazio non conteneva altro. «Ti daremo presto i liquidi. Resisti.»

Qualcosa di simile al panico si scatenò in me. *Kazo*, perché non avevo con me qualcosa per aiutarla subito?

«Hanno detto che forse ci avrebbero uccise...» sbatté le palpebre e sussultò, inclinò la testa con aria interrogativa, come se non riuscisse a concentrarsi sui propri pensieri. Forse non poteva, maltrattata com'era. «Tutte noi...» si interruppe, con voce confusa. La sua energia andava a intermittenza.

«Noi?» Strinsi gli occhi. Era sola.

Sussultò. Ebbe i brividi.

Osservai più da vicino il suo viso e il suo corpo delicato. Aveva capelli neri lunghi e folti, ondulati e pelle marrone chiaro. Sana, avrebbe ottenuto un prezzo enorme all'asta. Gli ocreziani non trattavano bene le umane, ma questo andava oltre il loro tipico comportamento avido: a loro piaceva che la loro fornitura di schiave fosse in perfetta forma per essere venduta ai migliori prezzi della galassia.

«Potremmo non farcela.» Chiuse gli occhi e non li riaprì.

«Perché dovrebbero lasciarla qui così?» Mi accigliai. Avrei voluto prendere a pugni in faccia i suoi ex padroni.

Axe alzò le spalle. «Non capisco neanche io. Ma immagino che sia nostra, adesso.» La sua voce era molto meno entusiasta di quella che sarebbe normalmente stata quella di uno zandiano nel trovare una femmina umana. Ma in fondo era con me quando eravamo stati traditi da una di loro.

Riuscii a malapena a trattenere un basso ringhio che mi rimbombava in gola. Lei era mia. Non nostra.

Ma non era così che funzionavano le cose su Zandia. Ci erano rimaste così poche femmine zandiane che la nostra specie aveva sfruttato la compatibilità delle femmine umane con i nostri maschi per ripopolare il pianeta. Molti zandiani si erano accoppiati in multipli: due, tre o anche quattro maschi con una femmina umana. Ma per qualche ragione inspiegabile, volevo questa femmina. E la volevo tutta per me.

Aggiunse: «Può essere accoppiata con gli zandiani, di

sicuro. Ma è un momento dannatamente scomodo per imbattersi in una di loro e rubarla.»

«*Salvarla*» corressi. E valeva sicuramente la pena salvarla.

Tirai su col naso di nuovo; l'aria fetida sicuramente non aiutava la respirazione umana. «Andiamocene da qui.»

Lanciai un'occhiata all'umana. Respirava ancora anche se con affanno. I suoi capelli erano flosci e unti, il corpo distrutto, e provai un bisogno urgente e sconosciuto di proteggerla. Salvarla.

«Veloci.» Ma mentre facevo un passo avanti, qualcosa scricchiolò sotto il mio piede. Abbassai lo sguardo e intravidi qualcosa.

«C'è una botola qui nel pavimento» sussurrai ad Axe, indicando in basso.

Grugnì.

«È pericoloso, ma è peggio lasciarla inesplorata.»

Annuì. Feci un gesto; lui aprì lentamente la porta e io puntai la pistola laser verso il basso mentre guardavo nel buco. Corsi il rischio di usare la levetta luminosa con un'impostazione bassa per avere una visione migliore. «È come un vespaio scavato nella roccia e nella terra.»

«Per le *kazo* di stelle, che cos'è?» Axe ebbe un conato di vomito per l'odore che fuoriuscì dall'apertura. Era il fetore della morte. La mia umana tossì e gemette.

Il buco poco profondo e polveroso sotto la baracca era pieno di corpi legati, tutte femmine, e non c'era spazio per altro. Erano almeno cinque o sei.

Noi due entrammo immediatamente nello spazio; non c'era una scala per scendere, ma non era necessaria con un'area così piccola. Riconobbi la forma slanciata di una za'ir, razza apprezzata alle aste. Le controllai il polso. «Morta.» Ne controllai un'altra, una za'ir più piccola. «Morta anche questa. Lasciano morire le loro schiave.» Il sangue mi ribollì mentre aumentavo la luce, rendendola più brillante.

«Questa è viva.» Axe prese in braccio una femmina umana. «Prendila tu.»

Risalii e mi chinai, accogliendo il corpicino mentre lui me la porgeva.

Ero irrazionalmente sollevato dal fatto che ci fosse una seconda umana, per cui non avrei dovuto condividere la mia con Axe, non che me lo avesse nemmeno chiesto. Non aveva mai mostrato interesse nel prenderne una perché non gli piacevano le umane per qualche motivo che non aveva mai condiviso.

La studiai mentre la spostavo tra le mie braccia. Non mi provocava gli stessi sentimenti possessivi della prima. Lo stesso senso di influenza del destino.

Gli zandiani non credevano nel destino. Prima di accoppiarci con le umane, non parlavamo molto dell'amore. La mia attrazione per la prima schiava doveva essere chimica. I nostri geni erano più compatibili per l'accoppiamento.

Doveva essere così.

Depositai con cura la seconda schiava a terra. Quando mi girai, Axe aveva sollevato altre due femmine umane e le stava slegando in modo che potessero camminare. «Tutte le za'ir sono morte. Queste femmine umane hanno bisogno di liquidi immediatamente.» Nessuna delle altre era stata picchiata come la mia umana – sì, avevo già deciso che era mia e soltanto mia – ma non erano in buona forma.

Assistetti le femmine indebolite, massaggiando delicatamente i loro polsi per favorire la circolazione. «Chi siete?» chiesi. «Cosa è successo?»

Erano sbalordite, con gli occhi spalancati, sotto shock. Nessuna di loro sembrava in grado di parlare; riuscivano a malapena a stare in piedi. Rinunciai a parlare; non c'era tempo comunque. Avremmo ottenuto le informazioni più tardi.

Quando fummo tutti fuori, imprecai di nuovo. «*Kazo* di mostri.»

Fissai la mia femmina. Era adorabile, troppo snella, ma ammorbidita dal seno rotondo e dai capezzoli scuri che chiedevano di essere succhiati. La presi in braccio: era così leggera tra le mie braccia, come l'aria.

«Portiamole via da qui, *kazo*», ordinai. Avrei dovuto mettermela in spalla e prenderne un'altra dall'altra parte, ma non ero disposto a trattenerla in nessun altro modo se non in questo. Era troppo delicata. O forse, semplicemente non riuscivo a distogliere lo sguardo da quegli adorabili occhi scuri. Non avevo alcun diritto di reclamarla, ma volevo farlo. *Kazo*, lo volevo. Ne ero attratto, ipnotizzato da lei.

Axe prese in braccio la seconda donna, quella con la testa rasata e i tatuaggi punitivi su una spalla e lungo il braccio.

Le altre tre sembravano in grado di camminare, dopo aver parlato loro a bassa voce e aver dato loro indicazioni, gli diede una spintarella per metterle in movimento. Uscimmo dalla baracca in una fila irregolare e Axe chiuse la porta dietro di noi, lasciandola come l'avevamo trovata. Iniziammo a camminare verso la navicella, ma eravamo troppo lenti. Alla fine, Axe prese due femmine tra le braccia e le portò al velivolo, poi tornò indietro per prenderne altre, mentre io portavo da sola la mia umana ferita, muovendomi con attenzione, in modo da non romperla prima che fosse troppo tardi per salvarla.

Sospirò e si rannicchiò contro di me mentre ci muovevamo, e qualcosa si mosse nel mio petto, ma non c'era tempo per pensarci.

Passarono pochi secondi prima di raggiungere la nostra astronave occultata. «Karl, avviaci in modalità invisibile» gridai al guerriero che avevo lasciato a proteggere il velivolo.

Il labbro di Axe si arricciò con disprezzo mentre teneva un tubo di fluido sulle labbra di un'umana. Feci lo stesso per la mia femmina, poi portai i tubi del fluido alle altre tre. Mentre lo facevo, Axe controllò i segni vitali della mia femmina. «È messa male» mormorò. «Potrebbe non farcela.»

Mi crollò lo stomaco. La conoscevo solo da poco tempo, ma qualcosa in lei mi faceva sentire protettivo. «Fai tutto quello che puoi, Axe. Dobbiamo salvarla... tutte loro.»

Presi delle coperte per le femmine e le avvolsi sulle loro spalle. Rimasero in silenzio, tutte tremanti.

«Vi portiamo via» dissi loro, senza sapere se capissero qualcosa. «Siete al sicuro qui. Abbiamo un medico che vi guarirà.»

Karl avviò i motori in modalità silenziosa e il velivolo si sollevò, una meraviglia della tecnologia. Non c'era alcuna azione da parte dei velivoli ocreziani parcheggiati vicino al loro accampamento: il nostro occultamento era comunque migliore della loro sorveglianza. Erano i secondi migliori nella galassia. Noi eravamo i numeri uno. Un pianeta piccolo, ma brillante.

Mentre passavamo all'iperguida, manovrai il mezzo attorno agli asteroidi e inserii il pilota automatico. Poi mi avvicinai per esaminare la nostra nuova conquista. Tutto quello su cui potevo concentrarmi era quella che avevo salvato e tenuto tra le braccia.

La piccola umana con lunghe ciglia e bellissimi occhi scuri.

Era mia adesso, nel bene e nel male.

CAPITOLO DUE

SPAZIO

S^{*ia*} Attraverso il torpore dovuto al dolore, sentii un movimento sopra di me.

Istintivamente cercai di rannicchiarmi. «No» piagnucolai. «Non farmi male di nuovo.»

Le mie membra tremavano dal terrore. Gli ocreziani erano tornati e questa volta non sapevo cosa sarebbe successo. In qualche modo ero riuscita a salvarci prima: cosa avevo detto? I pensieri mi frullavano nella testa come grandine in una tempesta, poi si frantumavano in coriandoli. Non riuscivo a ricordare nulla.

«Nessun essere ti farà del male. Sei al sicuro adesso.» Una voce bassa, profonda e piacevole, almeno in confronto ai grugniti ocreziani, mi colpì. E c'era un tubo per il fluido nella mia bocca. Succhiai avidamente, anche se avevo la bocca in fiamme e la pelle spaccata bruciava.

«Vi abbiamo salvate. Siete sulla nostra navicella. Vi aiuteremo.»

Non riuscivo ad aprire gli occhi. Le mie mani erano state slegate in qualche modo? Le mossi per toccarle.

«Shh, non farlo. Mettiamo le bende. Le tue cornee erano secche e graffiate. Abbiamo messo un unguento curativo.»

«Per favore. Toglimelo.» Il terrore aumentò.

«Dovrebbe andare bene se lo toglie.» Il maschio che mi parlava sembrò conversare con un altro. «Quel balsamo funziona rapidamente.»

«Se ci vede, forse si rilasserà.» Il secondo maschio sembrava essere d'accordo.

Mani gentili rimossero qualcosa dalla mia testa.

«Lentamente» avvertì una voce.

Sbattei le palpebre e tutto era sfocato.

«Ecco.» Mi asciugò gli occhi con un panno morbido. «Riprova.»

Sbattei le palpebre e lo misi a fuoco. Era molto alto, con le spalle larghe. Aveva la pelle viola e delle antenne sopra la testa liscia. Era la stessa voce che avevo sentito prima, ma nella baracca non riuscivo a concentrarmi. Ora vedevo che era un guerriero zandiano. Il suo viso era spigoloso e, per qualche motivo, pensai che fosse bello, anche se di certo non faceva differenza in quel momento.

«Sono Daven.» Quello bello mi osservò, poi indicò un altro zandiano, che era un po' più basso e più tarchiato. «E lui è Axe. Abbiamo salvato te e alcune altre femmine da un pianeta isolato, eravate nella capanna di un vecchio commerciante.»

Grazie alle stelle. Tossii. Mi faceva male tutto il corpo. Riuscivo a malapena a capire dove mi trovavo. Almeno ero sdraiata su qualcosa di morbido e c'erano luci brillanti tutt'intorno. «Mi hai salvata?» Lo guardai. «Ci hai salvate?» Misi riempirono gli occhi di lacrime.

«Sì, tutte le umane erano ancora vive. E tu sei con me adesso. Giuro che nessun essere ti farà mai più del male.» Ringhiò e poi mi toccò il braccio. Tirò indietro la mano come se non dovesse toccarmi, anche se non mi era dispiaciuto. La sua mano era calda e desideravo il suo tocco. Più di ogni altra cosa, volevo che lui mi abbracciasse. Anche se era un pensiero strano. Non avevo mai desiderato essere toccata da un'altra specie prima, soprattutto non da un maschio.

L'altro zandiano aggrottò la fronte. «Stai attento. Non ci si può fidare di loro.»

«È ferita» ringhiò Daven.

«E hai troppa fiducia nelle femmine umane. Ricorda cos'è successo l'ultima volta che hai scelto una compagna» ricordò a Daven, lanciandomi un'occhiata fredda prima di distogliere lo sguardo.

Per qualche ragione, odiai l'idea che Daven avesse avuto una compagna.

Daven aggrottò la fronte ma non rispose. Si voltò verso di me.

Inspirai. Mi faceva male tutto e piagnucolai.

«Cosa ti è successo?» Daven si chinò, mi toccò il viso, poi tirò indietro la mano quando sussultai. «Perché eravate legate lì?»

«Ci avrebbero scambiate» ricordai ad alta voce. «Ma hanno scoperto che non eravamo schiave del piacere, quindi mi hanno picchiata. Cercando di scoprire come era avvenuto l'errore. Pensavo che mi avrebbero ucciso. Ma poi ho detto loro: io...» mi spensi. «So di...» Qualcosa nella mia testa ronzò e sentii un dolore terribile.

Questa volta i ricordi c'erano, ma non potevo divulgarli. Mi era stato inculcato dentro da quando ero diventata una sperimentale: quelle che parlavano del progetto Alpha 2 morivano. L'avevo visto in prima persona.

«Che cosa?» incitò lo zandiano più vicino. «Sai cosa?» I due si scambiarono un'occhiata e poi si concentrarono su di me. «Questo è importante.»

«Riguardo al...» avrei voluto dirglielo, ma tutto il mio corpo si ribellava. Le immagini delle punizioni, delle prove, ritornarono ad aggredirmi. Il progetto in sé, ciò per cui era stato pianificato, le mie amiche, sul pianeta originale, ancora schiave, a fare il lavoro. Balbettai: «Le altre schiave» solo perché gli zandiani mi stavano fissando e avevo bisogno di dire qualcosa.

«Le altre schiave?» Daven aggrottò la fronte. «Le altre schiave cosa? Dicci.» La sua voce era autoritaria, ma non mi spaventava. Non sembrava crudele, sembrava più un essere abituato a comandare.

La testa iniziò a farmi male e le immagini mi attraversavano la mente a raffica. I pensieri si disgregarono di nuovo. «Non riesco a pensare.» Il pavimento si inclinò e caddi di lato... oppure qualcosa mi rotolò nel cranio. Era così, no? C'era qualcosa nel mio cranio? Emerse un pensiero, ma non riuscivo a seguirne la traccia. «C'è qualcosa che non va nel mio cervello.» Cercai di rallentarmi. Più inseguivo il pensiero, più il mio corpo rispondeva con il panico.

«*Kazo*, la ferita alla testa. Dobbiamo stabilizzarla, così il dottor Daneth potrà aiutarla.»

Suoni e immagini diventarono una grande fusione di sensazioni. Sussultai mentre cadevo nel vuoto. «Aiuto!» Piansi. «Sto cadendo!»

«Sta crollando. Meglio tenerla a riposo finché non arriviamo.»

Sentii una puntura mentre un ago mi scivolava nel braccio e poi... l'oblio.

Pianeta: Zandia

Daven

. . .

NON VOLEVO LASCIARE la mia piccola umana, nemmeno al dottor Daneth, il miglior scienziato della galassia. Ma ovviamente dovevo farlo.

Ora eravamo nella sala della guerra con il re e il suo consiglio per fare rapporto. Un gigantesco tavolo ovale fluttuava al centro della stanza e intorno ad esso erano seduti i consiglieri del re. Io e Axe dovevamo fare rapporto.

«Riproducilo di nuovo.» Il nostro maestro d'armi e il mio comandante, Seke, si sporse in avanti, con lo sguardo concentrato.

«Certo.» Toccai il dispositivo olografico e guardai gli zandiani seduti attorno al tavolo negli scranni reali: il Maestro Seke, il mio secondo in comando, Axe, e niente meno che re Zander in persona. Il volto del re era preoccupato. Le voci e le chiacchiere su un nuovo e più potente attacco ocreziano si erano intensificate.

Sul dispositivo, sullo schermo si muovevano figure sgranate. Era la registrazione che avevo fatto degli ocreziani e dei karran sul pianeta desolato dove avevamo trovato le umane.

«*Avremo bisogno...*» L'audio si interruppe «*almeno mille hects del complesso.*» L'ocreziano al comando incrociò le braccia tozze e guardò il karran seduto accanto a lui. «*Se va bene, potremmo avere un altro compito più redditizio per te.*»

«*È solo l'inizio. Vorremmo anche che tu eseguissi un...*» la qualità del suono svanì.

«Perdonami, mio signore.» Giocherellai con i controlli, cercando di ottenere un audio migliore. «Per quanto tentiamo di migliorare l'audio, non riesco a capire cosa ha detto.»

Il re alzò un dito. L'ologramma continuò.

«*E per quanto riguarda il prezzo?*» Il karran guardò il suo compagno. «*Sei d'accordo?*»

«*Gli stein non sono un problema.*» L'ocreziano agitò la mano deforme. «*Ma le schiave del piacere le consegneremo un'altra volta. Il lotto che abbiamo portato era...*» Arricciò il naso. «*Scadente.*»

Ero soddisfatto di ascoltare queste tracce e confrontarlo con quello che mi aveva detto la piccola umana. Si era verificato uno scambio di schiave e lei e le sue amiche erano state lasciate a morire.

«*È un peccato. Non vedevamo l'ora di provare il miglior piacere della galassia.*» Il karran si accigliò.

«*Sul velivolo è stato caricato il lotto sbagliato. Lavoratrici, non qualificate per ciò che desideri. Non sarebbero state altro che un fastidio. Ti faremo una doppia consegna dove vuoi.*»

I karran si guardarono e annuirono. «*Accettabile.*»

«*Abbiamo bisogno dei materiali il prima possibile.*» L'ocreziano aggrottò la fronte.

«*Con questo, ne avrai abbastanza per...*» Il karran alzò le sopracciglia, chiaramente curioso.

«*Non sono affari tuoi.*» La voce dell'ocreziano era secca, minacciosa. «*Ti paghiamo per le forniture, non per le congetture. O per chiacchierare.*» Mise una mano sull'arma. «*Non sei un bersaglio per noi... fintanto che le nostre relazioni commerciali procedono bene.*» Alzò un sopracciglio. «*E in segreto.*»

«*Inteso.*» Il karran sollevò entrambe le braccia deformi. «*Il nostro silenzio è assoluto.*»

«*Bene.*»

L'ologramma si spense e restammo seduti in silenzio per un secondo o due.

Toccai il dispositivo. «Non dicono quale composto vogliono. Potrebbe essere qualcosa di necessario per realizzare una nuova arma o qualcosa per la guerra chimica.»

Il re annuì. «Se non si tratta di un attacco, forse stanno accumulando un'enorme quantità di potenza di fuoco, in modo da poter facilmente intervenire e costringere un pianeta ad arrendersi alle loro richieste.»

Il Maestro Seke aggrottò la fronte. «Ciò che loro amano chiamare un'acquisizione assistita vantaggiosa. Se venissero qui a Zandia, probabilmente proverebbero a controllarci e portarci via le nostre femmine umane.»

Rimanemmo in silenzio per un attimo, con i volti cupi.

Erick, un membro del consiglio, disse: «Ultimamente hanno protestato parecchio riguardo a come abbiamo negato la loro benevolenza prendendo le umane e fornendo loro rifugio. Diciamo che la cosa sta causando tensione nella galassia e causando loro problemi. Penso che stiano sicuramente pianificando qualcosa che coinvolge il nostro pianeta.»

La voce del re era tesa. «Abbiamo bisogno di maggiori dettagli su ciò che stanno facendo. Cosa sappiamo dei karran? Cosa possono dare agli ocreziani?»

«Non lo so. Abbiamo i nostri migliori ricognitori sul campo» disse Seke.

«Suppongo che si tratti di una sorta di agente chimico, un esplosivo o qualcosa da disperdere nell'aria» dissi. «Ed è ancora più preoccupante quello che vogliono progettare. Una specie di sistema a lungo raggio?» Scossi la testa. «Non lo sappiamo. E questo ci rende deboli.»

Axe si schiarì la voce. «Possiamo eliminare i karran o interrompere il commercio?»

«Valutatelo. Ma a questo punto, la nostra migliore opzione è scoprire di più, esattamente cosa stanno facendo, in modo da poterlo contrastare con le nostre armi e i nostri sistemi.» Il re stava in piedi. «È fondamentale per Zandia. Dobbiamo prepararci per loro.» Guardò la squadra. «E le umane che sono state recuperate? Hanno informazioni?» Diede un colpetto alla sua unità di comunicazione e l'olo gramma del dottor Daneth si attivò.

Si inchinò. «Mio signore.» Fece un cenno al resto di noi.

«Le umane hanno informazioni su ciò che stanno pianificando gli ocreziani?»

Il dottore strinse le labbra. «Quelle in condizioni migliori si stanno riprendendo dallo shock ma non hanno ancora detto nulla di utile. Non sanno nulla, almeno non più di qualche aneddoto sull'esercito o le operazioni. Il mio registratore vitale mi dice che sono sincere all'85% circa. Penso che sarebbe vantaggioso assegnare a ciascuna di loro dei padroni per aiutarle a recuperare i ricordi... e la verità su ciò che sanno.»

Il re rifletté sulla proposta.

Il dottor Daneth aggiunse: «Ci dicono che Sia, quella più ferita, è una specie di lavoratrice tecnologica. È lei che avrà le informazioni migliori. Sembra essere la loro leader de facto.»

«E come sta Sia?» La mia voce era tesa. Pensai al delicato essere umano che avevo tenuto tra le mie braccia, quello che non riuscivo a togliermi dalla mente, anche mentre discutevamo di operazioni militari. Se avessero deciso di affidare le femmine a dei padroni, io dovevo essere il suo.

Volevo dominarla in ogni modo. Farle imparare a eseguire i miei ordini. A obbedire. Volevo premiarla per la sua obbedienza e mostrarle il piacere attraverso punizioni e lodi. Questo era il modo in cui gli zandiani assimilavano gli esseri umani sul nostro pianeta. Li legavamo a noi attraverso la padronanza sessuale.

Il dottore si toccò il braccialetto e alzò lo sguardo. «Stabile. Era gravemente disidratata e i suoi elettroliti erano anormali. Se non l'avessi salvata in quel momento, probabilmente sarebbe morta. La cosa strana...» si interruppe.

«Sì?» Mi chinai in avanti, quasi scattando.

«Due cose, in realtà. L'attuale ferita alla testa sembrava terribile, ma erano più lividi e sangue secco che altro. Gli occhi asciutti e i lividi sul corpo sono guariti, così come la costola rotta. Ma ha cicatrici vecchie sulla testa che indicherebbero un recente intervento chirurgico al cervello. Lo stesso vale per tutte le umane che avete portato qui.»

«Approfondisci.» La voce del re era piatta. «Hai trovato prove di eventuali cambiamenti nel loro cervello?»

«Ho fatto delle lastre e non c'è alcuna indicazione di qualcosa di estraneo nelle loro teste, né chip, né placche, né miglioramenti. Nessuna trasmissione. Ma le cicatrici coincidono su tutte, ed è preoccupante. Gli ocreziani hanno fatto qualcosa, o almeno ci hanno provato.»

«Quando saranno in grado di comunicare, sicuramente ce lo diranno.»

Accanto a me, sentii Axe spostarsi e il suo scherno fu quasi impercettibile.

«Faranno quello che possono per aiutare.» Forse stavo cercando di convincere me stesso. Ma quando pensavo alla mia umana, mi sentivo già protettivo. Sicuramente non mi sarei sentito così per una creatura che non faceva bene al nostro pianeta, no?

Il dottore guardò il re e poi di nuovo me. «Lo spero. Ma la mia prima valutazione è che Sia stia nascondendo qualcosa. Inoltre, l'attuale ferita alla testa non avrebbe dovuto causare un'agitazione così profonda e una perdita di memoria. Sta anche vivendo una grave ansia. In questo momento non è nemmeno in grado di conversare senza avere un attacco di panico. Sospetto che abbia paura di parlare liberamente.»

«Come dovremmo trattarla?» Se stava per diventare mia, dovevo sapere come aiutarla.

Il dottor Daneth diede di nuovo un colpetto al tablet, esaminando alcuni numeri, poi alzò lo sguardo. «I parametri vitali sono migliorati. Suggerisco di fare del nostro meglio per confortarla e aiutarla a sentirsi al sicuro, e quando guarirà, si spera, sarà in grado di dirci di più. Soprattutto riguardo a qualunque cosa senta di dover nascondere.» Mi guardò. «Daven.»

«Sì?» Il cuore mi batteva forte pensando a quanto fragile fosse la piccola umana. A com'era bella, anche se malconcia. Mi faceva male pensare che fosse quasi irreparabile.

«Lei ha chiesto di te.»

Perché era mia. Facevo fatica a comprendere l'emozione che mi travolgeva. Possessività. Bisogno.

Ma Axe aveva ragione. Dovevo stare attento. Avevo già salvato un'umana una volta e avevo sperato in un accoppiamento con lei, solo per vederla tradirmi il primo momento in cui aveva potuto.

Mi misi dritto. «Per nome?»

«No.»

Ignorai la fitta di delusione.

«Balbettava, poi ha detto» –si schiarì la voce– «*Quello bello che mi portava.* Dal rapporto, so che eri tu.»

Mi si ingrossarono le antenne.

L'umana pensava che fossi bello.

Si sentì una risatina sommessa intorno al tavolo.

Il re aggrottò la fronte e tutti tacquero.

Il dottor Daneth continuò: «Sospetto che sia già parzialmente legata per via del salvataggio.» Diede un'occhiata a re Zander. «Raccomando che venga affidata alla custodia di Daven per ulteriori interrogatori e perché si integri.»

«Daven.» Re Zander mi guardò. «Se si ricorda di te, è un inizio. Per ora, sarai il suo padrone e protettore qui su Zandia mentre lei guarisce. Legala a te. Trascorri del tempo con lei, parlale. Fai tutto ciò che è in tuo potere per ottenere informazioni da lei, non importa quanto piccole. A ogni costo. Qualunque cosa potrebbe aiutare. Sappiamo che deve avere qualcosa in testa che può aiutarci. Se non ti piace, poi ne troveremo un'altra. Ma dai il meglio di te.»

Mi inchinai mentre interiormente godevo dell'incarico. «Sì, mio Signore.»

«Avete fatto un buon lavoro con questo ologramma. Sappiamo almeno che stanno pianificando qualcosa di grande e potenzialmente mortale. E presto.»

«Grazie, mio signore. Continueremo a fare tutto il possibile per saperne di più. Disponiamo di scanner che controllano le conversazioni intergalattiche, stiamo effettuando missioni di ricognizione e stiamo contattando tutti gli alleati conosciuti. Non lasceremo nulla di intentato.»

«Bene. Voi due potete andare. Tornate al lavoro.»

Axe e io ci inchinammo.

«Mio Signore?» disse Axe, esitando dopo essersi raddrizzato.

Re Zander alzò un sopracciglio con aria interrogativa.

«E le altre umane recuperate?»

Re Zander studiò Axe per un momento. «Hai stretto un legame con una di loro?»

«No» scattò Axe, troppo in fretta. «Semplicemente-» scosse la testa. «Dovrebbero essere attentamente sorvegliate, tutto qui. Non sappiamo se ci si può fidare di loro.»

Il re lo valutò senza commentare.

«Certo che lo sai. Perdonami, mio signore» disse velocemente Axe, rendendosi conto di aver oltrepassato il limite.

«Assegnerò un padrone zandiano a ogni umana salvata. Se desideri essere preso in considerazione per l'incarico, o per una persona in particolare, ora è il momento di parlare.»

Mi aspettavo che Axe rifiutasse: sapevo quanto diffidava degli umani, ma si passò una mano sulla mascella. «Una di loro avrà bisogno di essere sorvegliata più da vicino degli altri. Ha chiaramente causato problemi ai suoi precedenti padroni, a giudicare dai capelli rasati e dai tatuaggi punitivi.»

«Lo prenderò in considerazione» disse re Zander. «Dobbiamo sollecitare ciascuna di loro perché ci diano qualsiasi informazione abbiano. Anche un piccolo frammento di informazioni che ritengono insignificante potrebbe aiutarci.» Fece una pausa. «Dottor Daneth, per favore dammi i tuoi consigli per gli incarichi in modo che le umane siano pronti a lasciare le tue cure.»

Il dottore annuì. «Sì, mio Signore.»

Re Zander ci congedò una seconda volta. «Allora mettetevi al lavoro.»

Io e Axe ci inchinammo ancora una volta e uscimmo insieme. «Non fidarti di quell'umana» mi avvertì.

Irrigidii la mascella. «È sul nostro pianeta sotto il mio controllo. Non può fare alcun male.»

Mi guardò in cagnesco. «Non puoi saperlo.»

Raddrizzai le spalle. «Speriamo che abbia più informazioni da condividere con noi. Potrebbe dare un grande contributo a Zandia.»

Axe mi guardò con espressione dubbiosa.

Avrei voluto dargli un pugno in faccia, ma solo perché sapevo che aveva ragione. Non ci si poteva fidare del mio giudizio quando si trattava di donne.

Ci avevo quasi fatti uccidere tutti fidandomi di una di loro l'ultima volta.

«Quello che ha detto sulla navicella... sa qualcosa», disse Axe. «È fondamentale che tu lo scopra.»

«Lo farò» promisi, non solo a lui, ma anche a me stesso. Al mio re. Al mio pianeta.

«Se ti trova attraente, sicuramente si legherà a te con un addestramento e una punizione adeguati. Puoi sfruttarli.»

Lo odiavo anche quando parlava di lei. «Farò quello che devo fare.»

«Semplicemente non accoppiarti con lei. Non finché non saprai che ci si può fidare.»

. . .

«Ovviamente no.» Feci un passo di lato. «Vado subito in infermeria per vedere se mi parla.»

«Non accoppiarti» ripeté. Poi guardò verso l'infermeria con uno sguardo accigliato. «Vado anch'io. Per assicurarci che Flora non sia una minaccia per Zandia.»

Interessante. Flora era l'umana a cui si riferiva: quella con i tatuaggi e la testa rasata. Axe poteva anche non fidarsi degli umani, ma qualcosa mi diceva che era interessato lo stesso.

«Forse potrei esserle d'aiuto interrogandola. Dobbiamo tutti fare quello che possiamo.»

«Giusto.» Ciò che diceva era ovvio e non aveva nulla a che fare con le informazioni. «Se vuoi essere assegnato come suo padrone, dovresti richiederlo.»

«Non lo so» ribatté. «Sono solo preoccupato, tutto qui.»

Giusto. *Preoccupato.*

«Bene. Andiamo a vederle.»

Mentre camminavo verso l'edificio, il mio corpo vibrava di anticipazione. Quando avevo un compito, lavoravo sempre al cento per cento delle mie capacità, pronto a fare del mio meglio per i miei compagni zandiani. Ma questa era un'altra cosa. Questo era qualcosa... di fisico. Ma anche di più. Rivedere la piccola umana mi creava un'ondata di sensazioni in corpo.

Non vedevo l'ora di vedere cosa sarebbe successo dopo che l'avessi pienamente rivendicata come mia.

Non come compagna – non finché non avessi potuto fidarmi di lei – ma il suo corpo adesso mi apparteneva e non vedevo l'ora di usarlo.

CAPITOLO TRE

*S*ia Il panico mi logorò i nervi, facendomi ritornare il mal di testa, nonostante le medicine che mi aveva dato il medico zandiano. Non ricordare chi fossi o da dove venissi peggiorava tutto.

Avevo riconosciuto le umane con cui ero stata portata qui, ma non era chiaro come le conoscessi. Eravamo state schiave insieme, ovviamente. Ma non ricordavo nulla del pianeta da cui ci avevano prelevate. Né di come ci eravamo arrivate. Né di quello che era successo prima.

E anche se loro avrebbero dovuto essere un conforto per me, invece desideravo la presenza del guerriero che mi aveva salvata.

Non sapevo perché, ma avevo la sensazione che mi avrebbe chiarito tutto.

Il che era irrazionale perché non credevo di averlo conosciuto prima dell'ultima rotazione del pianeta.

Entrò nella clinica dove mi avevano tenuta da quando eravamo atterrati e il mio battito accelerò.

Scivolai giù dal lettino. «Padrone» dissi, poi mi fermai

confusa. «Mi dispiace, non sei il mio padrone, vero?» Poi mi sentii di nuovo confusa. Perché l'avevo pensato?

Le labbra del guerriero si contrassero, le sue antenne si ingrossarono e si inclinarono nella mia direzione. «Vuoi che io sia il tuo padrone?» La sua voce era un rimbombo basso e profondo. Non riuscivo a decidere se ci fosse una traccia di suggestione sessuale in essa.

Non riuscivo a decidere se volessi che ci fosse.

«Sì» risposi onestamente.

Ancora una volta, era irrazionale, ma la silenziosa autorità di questo maschio mi spingeva laddove ogni altro essere qui mi rendeva nervosa. Non sapevo cosa stesse succedendo, ma volevo che fosse lui quello a cui dovevo rispondere. Colui che mi comandava. Mi faceva sentire al sicuro.

Mi si avvicinò, mi mise le grandi mani intorno alla vita e mi sollevò facilmente sul tavolo. «Hai avuto il permesso di scendere?» C'era una traccia di severità nel suo tono, ma per qualche ragione sembrava scherzoso.

Ma i padroni non scherzavano, no? Mi scervellai, cercando di ricordare il mio ultimo padrone. Per qualche ragione, anche solo pensare a lui mi spaventava.

Il calore mi attraversò la pelle: non sapevo dire se fosse perché mi vergognavo di essere stata sgridata o perché le sue grandi mani erano ancora appoggiate sulla mia vita, il loro peso gentile mi scaldava la pelle attraverso il sottile camice medico. «N-non ne sono sicura. L'ho avuto?»

Contrasse le labbra. «Lo scoprirò.» Si girò verso il medico, tenendo una mano leggermente appoggiata su di me. «Dottor Daneth? Sia è obbligata a restare qui?»

Ero assurdamente felice di sentire il mio nome sulle sue labbra. Come se gli appartenessi. Era una cosa familiare in un posto dove tutto era nuovo e diverso.

Il dottore, che avevo trovato simpatico e professionale ma non scortese, si rivolse verso di lui. «Per ora ho finito con lei.

Puoi portarla nello spazio di attesa dove tengono le schiave con cui è arrivata. Poi vieni a parlarmi della sua collocazione.»

Il guerriero si inchinò davanti al dottore, che doveva essere il suo superiore e si voltò verso di me. Mi prese per la vita e mi mise in piedi come se non pesassi nulla. Quando le mie ginocchia cedettero, mi afferrò il gomito per sorreggermi.

«Riesci a camminare, piccola umana?»

«Sì, padrone», mormorai.

Il guerriero emise un verso come "Hmm" o "Mm". Sembrava soddisfatto. La sua grande mano restò sul mio gomito mentre mi guidava fuori dalla clinica e in un lungo corridoio bianco. L'edificio era bellissimo, tremendamente diverso dalle strutture di Ocrezia. Almeno questo era stato il mio primo pensiero, ma quando provai a ricordare gli edifici precedenti, ottenni solo l'immagine offuscata di una specie di laboratorio. Non appena provai a inseguire la memoria, però, tutto si svuotò.

Tuttavia, ero certa di non aver mai visto una ricchezza e un'opulenza così immense. Il pavimento del corridoio era di marmo lucente o di un altro tipo di pietra. Le pareti erano in intonaco lucido con colori tenui intrecciati direttamente nella materia, non verniciati sopra.

C'era una leggerezza in questo pianeta che non avevo mai sperimentato prima.

Poi certo, poteva tutto essere causato dai farmaci che mi avevano dato per la ferita alla testa.

Feci diversi respiri profondi. Dovevo liberarmi di questo mal di testa, così potevo capire cosa stava succedendo esattamente.

«È tuo questo spazio?» Indicai la piccola ma comoda alcova. Le altre femmine salvate erano in fondo al corridoio, in spazi simili. Eravamo rinchiuse, ma non assomigliava a nessuna prigione che avessi mai visto o immaginato.

«Sì.» Mi girò di nuovo la testa e vacillai.

Mi afferrò e mi abbassò su una morbida piattaforma per dormire. «Ecco, siediti.»

Sbattei le palpebre mentre mi avvolgeva una morbida coperta sulle spalle. Le sue dita mi sfiorarono la pelle, con un gesto che sembrava in parte accidentale e in parte voluto, e io tremai. Mi avevano regalato un abito morbido con maniche corte, molto più comodo di qualsiasi indumento avessi mai indossato prima. Mi piaceva sentire le sue dita sul mio braccio.

«Hai freddo?» La sua voce era bassa e, ancora una volta, scherzosa.

«Ah no.» In effetti, sentivo calore dappertutto e un formicolio, soprattutto dove mi aveva toccata.

«Bene.» Mi osservò. Non mi toccava più, però, e un barlume di delusione mi attraversò il corpo.

Fissai il suo bel viso, cercando di capirlo. Di dare un senso a tutto questo.

«Quindi mi hai salvata tu?» Sapevo che l'aveva fatto, ma dovevo dirlo ad alta voce per rimettere i pezzi al loro posto. Per provare a sbloccare le parti del mio cervello che sembravano inaccessibili.

«Eri stesa, quasi morta, in una capanna abbandonata su un pianeta apparentemente abbandonato. Lasciata lì dagli ocreziani, pensiamo. E tutte voi avete delle cicatrici simili sulla testa.»

«Ma perché?» Mi si incrinò la voce. Alzai la mano per toccarmi la testa e trovai l'avvallamento stranamente familiare sotto l'attaccatura dei capelli. Ci feci scorrere sopra l'indice. «Cos'è questa?»

«È quello che speriamo possa dirci tu.» La sua voce era

cupa. «È fondamentale per il nostro pianeta e per ogni essere che vive qui. Sia zandiani che umani.

Lo contemplai. «Mi chiamo Sia. Questo lo so.»

Mi toccò la mano e poi la prese nella sua. La scintilla di sentimento che scorse dentro di me fu tanto uno shock quanto una sorpresa. Mi piaceva il suo tocco più di ogni altra cosa.

«Sono una lavoratrice di laboratorio.» Lo dissi senza sapere cosa significasse, e poi l'informazione si presentò nella mia mente in piccoli videoclip stranamente perfetti, come se stessi guardando un'olografia. Era così che avrebbe dovuto funzionare la memoria?

«Gestisco le fiale ed eseguo esperimenti di base con prodotti chimici, ma non sono una chimica. Sono solo una lavoratrice di base.» Era sorprendente come la conoscenza ritornasse, quasi come l'acqua che riempiva una tazza. «Ora lo so!» Lo guardai, l'ansia cresceva, ma i suoi occhi mi calmavano.

«Vai avanti.» Daven mi strinse la mano. «Tutto quello che ricordi, dimmelo e basta.»

Annuii. «Il nome del mio padrone è....» mi venne in mente, «Torok. Ma noi non...non è un padrone come te. Non ci ha mai toccate.» Avevo la faccia accaldata. «Non siamo schiave del piacere.»

Non sapevo perché avevo menzionato il piacere. Daven non aveva insinuato che mi avrebbe usata in quel modo. Eppure, quando lo dissi, le sue antenne si allungarono e si inclinarono nella mia direzione, come se fosse interessato.

Stelle, per qualche motivo, desideravo davvero che fosse interessato.

Mi schiarii la voce e andai avanti. «Viviamo in dormitori e ci presentiamo al lavoro. È tutto altamente regolamentato. Non andiamo da nessuna parte senza guardie. Seguiamo una dieta speciale. Perché siamo sperimentali.»

All'improvviso mi ronzò la testa. Non avrei dovuto dirlo, il fatto di essere sperimentale. Mi toccai il cranio, la strana cicatrice che non capivo né ricordavo. Il ronzio si intensificò e ricordai la faccia di un ocreziano, uno dei principali leader tecnologici del mio padrone: *non devi mai parlare del lavoro del progetto Alpha, altrimenti potresti essere eliminata. È chiaro?*

«Non posso...» Le immagini mi balenarono in mente in una frazione di secondo. Vidi la faccia lasciva di un ocreziano sopra di me. Poi l'immagine di una sala operatoria, strumenti sterili e pareti bianche. Un ago che veniva verso la mia testa.

Gridai.

«Calma, calma.» Le braccia di Daven mi circondarono e le immagini scomparvero.

«Cosa ti fa male? La testa?»

«Sì» Mi accorsi che stavo sudando. Ero in affanno.

«Ricordi qualcosa?» Sembrava ansioso.

«Uhm... sì, penso di sì.»

«Cosa?» Strinse le braccia. «Dimmelo. È molto importante, Sia.»

«Mi dispiace. Io... non ricordo molto. Un ago. E una faccia?» E ora le immagini erano scomparse del tutto. Come poteva essere? Come avevo potuto dimenticare così in fretta? «Ma... ora non ne sono sicura. Se n'è appena andato!»

Mi guardò negli occhi. «Capisco.» Il suo volto esprimeva delusione, credo. Ma anche comprensione. Mi credeva.

Ma proprio mentre lo dicevo, un altro lampo mi illuminò la mente. Era diverso, in qualche modo più potente. Come se significasse qualcosa per me a livello molto personale.

«Dobbiamo mantenere il segreto o moriremo tutte. Lo sai, Sia.» La mia amica Flora mi guardava con feroce determinazione, con gli occhi enormi nella testa appena rasata. Le sue cicatrici erano fresche e rosse, in rilievo e spesse come vene gonfie.

Sussultai mentre le prendevo la mano e concordavo con lei.
«Non diremo mai una parola a nessun essere se riusciamo a scappare, anche a quelli che sembrano degni di fiducia. Ci ucciderebbero in un batter d'occhio se sapessero la verità su di noi, anche quelli apparentemente gentili. Perché quello che c'è dentro le nostre teste significa che nessun essere potrà mai fidarsi di noi.»

Il flashback si interruppe, ma questa volta me lo ricordavo, e mi ricordavo dell'umana con cui ero: Flora. Anche lei era qui, su Zandia. Cosa ci era successo, Madre Terra?

Sbattei le palpebre e distolsi lo sguardo. Volevo fidarmi del mio nuovo padrone, ma qualcosa in questo ricordo confermava un altro livello di lealtà e finché non lo avessi scoperto, dovevo stare zitta. Lo sapevo per istinto.

«Ricordi qualcos'altro?» La sua voce era piatta.

«No.» Scossi la testa. Eppure, non lo guardai. «Sono semplicemente stanca. Mi fa male la testa e non riesco a pensare correttamente. È spaventoso.» Quest'ultima parte era vera. Ma poteva intuire che stavo tralasciando qualcosa?

«Andrà tutto bene.» La sua voce era forte e calma, e per qualche motivo volevo credergli. Anche se al momento era tutto estremamente sbagliato.

«Chi sei esattamente?» Era più facile che chiedere: «Chi sono io?» Perché nonostante quello che avevo ricordato finora, era chiaro che sapevo molto poco di me e della mia storia.

«Sono Daven. Un guerriero zandiano. Il tuo nuovo padrone.»

«Ok.» Annuii.

«Sei su Zandia. Sei al sicuro qui. Non ti faremo del male. Veneriamo le nostre umane.»

«Ok.» Non potevo riassumere il supremo sollievo che provai alle sue parole, ma era tutto ciò che riuscivo a dire a questo punto.

«Sono così grata che ci abbiate salvate.» Ancora una volta, provai a evocare i miei ricordi per vedere cosa riuscivo a ricordare oltre le pochissime cose che gli avevo detto.

Il panico cominciò a salire. «Non posso!» Non arrivavano più immagini. Il mio passato era così vuoto. Io ero vuota.

Mi prese dolcemente il viso tra le sue mani forti. «Fermati. Respira. Dentro e fuori.»

Immobilizzata, tutto quello che potevo fare era guardarlo negli occhi, profondi e ipnotizzanti.

«Così.»

Mi mise una mano sul petto e, anche se non era un tocco sessuale, piccoli guizzi di eccitazione si agitarono nella mia pancia, anche se l'ansia iniziava a svanire. «Respiri profondi. Non pensare a niente. Respira con me.»

Lo fissai negli occhi e inspirai ed espirai finché il panico non si attenuò e riuscii a sopportare di nuovo l'esistenza.

«Tornerà, la tua memoria. Succede sempre.»

«Sembri così sicuro.» Tirai la coperta, stringendo un'estremità morbida tra due dita.

«Lo sono in base alla nostra esperienza.» Alzò le spalle. «Ogni essere umano che arriva qui prima o poi migliora.»

Mi piaceva l'implicazione delle sue parole: che qui si prendevano cura delle umane. «Ogni essere umano? Quante ce ne sono qui?» Anche se non ricordavo molto di me stessa, sapevo che gli esseri umani erano considerati beni mobili dell'universo. E sapevo di essere stata maltrattata gravemente. Sembrava che questo pianeta fosse una specie di rifugio per gli esseri umani, e se veramente eravamo in molte qui, su questo pianeta, beh, che benedizione!

Mi osservò. «Più di quanti potresti immaginare.» E continuò: «E riguardo al tuo padrone, va bene se non ricordi ancora molto. Perché ora sono io il tuo padrone, piccola umana, qui su Zandia.»

* * *

DAVEN

Il respiro di Sia si fermò, ma non sembrava spaventata. No, credevo che fosse attratta da me. Le piaceva l'idea di avermi come padrone.

«D'ora in poi risponderai a me.» Le antenne si ingrossarono al pensiero di come avrei tenuto in riga la piccola umana. I metodi che avrei impiegato per esigere un buon comportamento. «Dopo tutto, sei stata tu stessa a chiedere di me.»

«È vero» mormorò dolcemente, con il viso arrossato.

«Quindi per ora sei mia. Il mio compito come tuo padrone è proteggerti e aiutarti a guarire. Tenerti al sicuro. Farti riacquistare la memoria. Ma anche assicurarmi che ti acclimati a Zandia e accetti il tuo ruolo qui.»

Inarcai un sopracciglio. «Mi obbedirai. Qui su Zandia siamo padroni indulgenti e concediamo molte libertà alle nostre umane. Tuttavia, sei comunque sotto la mia responsabilità.»

Aprì le labbra color bacca. «Capito.»

«Davvero?»

Era sbagliato sperare che mi mettesse alla prova? Che non vedessi l'ora di darle un piccolo assaggio della mia punizione?

«Sarò obbediente» promise.

Kazo, la sua voce era dolce come il miele.

«Sì, lo sarai» ridacchiai. «In caso contrario, i padroni zandiani hanno dei metodi per rendere le umane più obbedienti.» Mi chinai e le sfiorai l'orecchio con le labbra e sussurrai: «Vedrai.»

I capezzoli le si gonfiarono sotto il vestito. «Cosa intendi?»

«Abbiamo metodi unici per legare un'umana al padrone» mormorò. «Non preoccuparti: la maggior parte degli esseri umani apprezza questi metodi tanto quanto noi.»

Le sfiorai il viso con le nocche. «Ma per ora, vediamo di cosa hai bisogno per tornare alla piena forza. Aspetta qui.»

«Non che io abbia scelta.»

Ah. Mi si indurì il cazzo nei pantaloni. Ecco qui. Mi stava già mettendo alla prova.

«La risposta corretta» – le afferrai il mento e glielo tenni – «è *sì, padrone.*»

Smise di respirare, i suoi occhi spalancati mi fissavano il viso.

«Dillo, Sia» la incitai. «Ho bisogno della tua obbedienza immediata. Ora. E ogni volta che lo chiedo.»

«Io...» Esitò.

La tirai contro il mio corpo e la girai leggermente, gettando da parte la coperta. Le accarezzai una natica, poi le diedi un leggero schiaffo. «L'hai detto prima. Dillo adesso.»

Sentii il profumo della sua eccitazione mentre emetteva un verso strozzato. «Ahi!»

La schiaffeggiai di nuovo, un po' più forte, questa volta lasciando piazzata la mano dopo la sculacciata, con le dita allargate sul suo delizioso culo.

«Sia?»

«Sì, padrone!» sussultò, poi gemette leggermente e strinse le gambe insieme come se avesse bisogno di più attrito lì. Non vedevo l'ora di darglielo. Ma non era ancora il momento. Dovevo prima creare fiducia tra di noi.

«Bene.» Le massaggiai il sedere da sopra il tessuto del vestito. «La prossima volta lo dirai più prontamente, sì?»

«Sì, padrone.»

«Brava ragazza.» Le presi di nuovo il mento. «Perché ti sculaccerò quando sarai disobbediente. Ogni volta. È davvero il modo migliore per imparare.»

Arrossì sulle guance e abbassò lo sguardo.

Kazo. Dovevo riportare immediatamente questo piccolo essere umano al mio domicilio. Ero piuttosto disperato dal bisogno di iniziare il suo addestramento.

«Torno tra poco» dissi con voce roca, poi uscii per scoprire cosa dovessi fare per portare a casa il mio bellissimo trofeo.

* * *

Sia

'

Dolce Madre Terra!

Cosa c'era di sbagliato in me, tanto da farmelo piacere? Perché volevo che lo facesse di nuovo, proprio adesso? Avevo un vago ricordo di aver ricevuto un manrovescio in faccia da un ocreziano: era stato doloroso, terrificante. Questo, però, era come miele caldo nelle vene.

Mi lasciò lì, con il cervello che correva e il corpo tremante, ma lo sguardo d'intesa che aveva diretto verso di me mi diceva che sapeva esattamente cosa mi avevano fatto le sue due sculacciate.

La porta della cella si chiuse dietro di lui e sapevo che era chiusa a chiave. Ma non avevo intenzione di scappare. Dove sarei potuta andare? E perché?

Mi alzai e mi toccai il culo con entrambe le mani. Non faceva male, ma c'era un leggero formicolio dovuto alle sculacciate. Il bisogno tra le mie cosce era cresciuto e sentivo umidità in cima alla fessura. Era una novità: il mio corpo non l'aveva mai provato.

Quando ritornò, arrossii di nuovo.

«Ho ricevuto il permesso di portarvi al mio domicilio» annunciò. «Resterai lì con me.»

«Sì, padrone», mormorai. «Per quanto?»

«Per tutto il tempo necessario.» Mi lanciò uno sguardo misurato. «Per riconquistare i tuoi ricordi e acclimatarti alla vita qui su Zandia. Deciderò io quando sarai pronta per integrarti nella società.»

«Posso parlare con le mie... con le altre umane prima di andare? La mia amica Flora? Per favore?»

Dovevo parlare con Flora il prima possibile. Lei ricordava più di me? Qual era la cosa su cui avremmo dovuto tacere? Chi *eravamo* noi?

«Dopo.» Mi guardò. «Sta riposando.»

«Ti prego.» Mi scappò quasi un singhiozzo. Si pregavano i padroni per queste cose? Perché lo avrei fatto, se avessi pensato che potesse essere d'aiuto.

Mi guardò e il suo viso si addolcì. «Te la mostro.»

Invece di prendermi per il gomito questa volta, mi prese in braccio come se non pesassi nulla e mi trasportò lungo il corridoio, poi bussò a una porta. Si aprì.

Flora era sdraiata su una piattaforma per dormire, con gli occhi chiusi e respirava in modo regolare. Il suo viso era malconcio e bendato. I capelli erano ancora rasati, colpa della punizione dei nostri padroni. La sua pelle portava i tatuaggi ocreziani dei suoi crimini, per lo più tentativi di fuga e disobbedienza.

C'era una custode, un'umana che non riconoscevo, una che doveva vivere qui, stava sistemando alcuni oggetti su un vassoio. Fece un cenno a Daven e mi lanciò un'occhiata comprensiva.

«Sarà fuori gioco per altre rotazioni planetarie» sussurrò.

Mi scappò un piccolo grido. Come avrei fatto a ricordare di più di me stessa se non potevo parlare con le mie amiche?

«Shhh.» Il mio padrone mi parlò all'orecchio. «Starà bene, ma è in cura e sta dormendo. La rivedrai, te lo prometto.»

Annuii sulla sua spalla. «Va bene. Grazie padrone.»

Tenni la testa appoggiata al suo petto per tutto il viaggio verso casa sua, osservando l'hovercar, la luce del sole e gli splendidi edifici che scivolavano via.

Zandia era davvero un pianeta magico.

Sembrava quasi troppo bello per essere vero.

Era quel sospetto – l'idea che la mia presenza qui fosse in qualche modo collegata al mio lavoro in quel laboratorio e che stesse per succedere qualcosa di terribile – che mi impediva di rilassarmi tra le forti braccia del mio padrone.

* * *

Daven

L'umana si strinse a me, quasi come se stesse cercando di arrampicarsi sul mio petto. Era terrorizzata e ancora tremante. Mandava su di giri il mio istinto protettivo.

Eppure, mi aveva già mentito almeno una volta. L'avevo vista distogliere lo sguardo mentre stavamo parlando e avevo capito che stava nascondendo qualcosa.

Axe aveva ragione. Non potevo fidarmi di lei.

Ma cosa nascondeva? E perché? Lo avrei scoperto. La mia missione era scoprirlo.

Non mi dispiaceva applicare una piccola punizione gentile per metterla in ginocchio. Le femmine umane lo adoravano. Le eccitava sessualmente e le legava al loro compagno e padrone. Sorrisi, ricordando come le sue pupille si erano allargate e tutto il suo corpo aveva pulsato di desiderio quando le avevo semplicemente toccato due volte quel bel culo. Oh, sarebbe stato divertente addestrarla. E disciplinarla. E possederla, anche se solo per un breve periodo.

Il cazzo si tese contro i calzoni e cercai di calmarmi. *Vacci piano con questa qui*, pensai.

Mormorò nel sonno e si mosse, e l'abito le scivolò dalle spalle, rivelando una pelle perfetta e il rigonfiamento di un seno perfetto. *Vacci piano.*

«Ma non troppo piano» sussurrai. *Kazo,* era il massimo che potevo fare per trattenermi dal devastarla proprio qui, proprio ora.

CAPITOLO QUATTRO

*S**ia*** Trascorsi una notte confortevole con il mio nuovo padrone che non mi fece alcuna richiesta. Mi mostrò come usare l'incredibile e fantastico tubo del lavaggio, mi regalò abiti meravigliosamente morbidi e comodi e fece portare del cibo per me a casa sua.

Alla successiva rotazione del pianeta, mi portò a una sessione di memoria con il dottor Daneth. Anche se non aveva fatto altro che alleviare le mie ferite, mi spaventava. Era troppo intelligente. Avevo la sensazione che sapesse che stavo mentendo su qualcosa.

La sua assistente, Bayla, sorrise. «Sia, accomodati sulla sedia fluttuante e cerca di rilassarti. Ti faremo solo alcune domande e vedremo se ricordi qualcosa. Ok?»

Annuii. Mi piaceva Bayla. Umana come me, a quanto pareva era accoppiata con il dottore e occupava una posizione di rilievo sul pianeta con molta libertà e consensi. Inoltre, sembrava beatamente felice. Pensai a Daven e a quanto fosse diverso tra noi. Aveva chiarito che stavamo insieme solo per aiutarmi a ritrovare la memoria e perché era il mio padrone designato, niente di più. Una volta che avesse ottenuto ciò che voleva da me, sarei stata lasciata a un altro padrone.

«Sia. Finora ci hai detto che eri una lavoratrice tecnologica e una schiava su Ocrezia.» Il tono del dottore era basso e uniforme.

Mi guardai intorno nell'infermeria, che era pulita e sterile, ma non inospitale. Armadietti bassi fiancheggiavano le pareti e c'era una grande finestra attraverso la quale passava la luce del pomeriggio. Il mio sedile imbottito era comodo e morbido, anche se il mio corpo era ancora teso per la preoccupazione.

«Sì. Giusto.» Il cuore mi batteva forte.

«Ti farò delle domande e tu proverai a rispondere il più velocemente possibile.»

Annuii.

«Bayla ti allaccerà questa fascia al polso. Non farà male. Registrerà semplicemente i tuoi parametri vitali mentre parliamo.»

Annuii di nuovo. Una macchina della verità. Il mio cuore fece un tonfo. Presi fiato e mi convinsi che avrei fatto del mio meglio.

Pose una serie di domande: cosa mangiavo ogni giorno? Dove dormivo? Erano facili e iniziai a rilassarmi. A queste potevo rispondere sinceramente.

Poi divenne più difficile, nel senso che mi ritrovai in quella zona grigia di cosa raccontare e cosa no.

«Che tipo di lavoro fai?»

Cominciai con i miei compiti precedenti. «Sono stata assegnata a un laboratorio dove assistevo i chimici negli esperimenti. Fondamentalmente organizzavo le provette, le pulivo e prendevo appunti su un dispositivo olografico riguardo ai rapporti.» Battei insieme le dita, infilando le unghie di una mano sotto il letto ungueale dell'altra. «Sì.»

Lui e Bayla si guardarono. Il dispositivo sul mio polso lampeggiò.

«E? Cosa poi?»

Mi morsi il labbro. «Più o meno la stessa cosa. Poi, ah, sono stata messa in una nuova posizione.» Sentii una goccia di sudore che cominciava a solleticarmi dietro il collo, proprio all'attaccatura dei capelli.»

«Alpha 2. Daven ci ha raccontato i tuoi primi ricordi.»

Annuii probabilmente troppo a lungo. «Sì, ma non posso… non ricordo cosa ho fatto lì.»

Guardai lui e Bayla, cercando di apparire innocente. Spalancai gli occhi nel caso potesse essere d'aiuto. «Ancora non mi viene, ehm, in mente. Ho dei flash e basta.» Se avessi aggiunto pezzetti di verità, sarebbe sembrato più veritiero?

«Ad esempio?» La sua voce non cambiò.

«Uhm, penso di essere stata legata.» Ricordai il dolore. Chiusi gli occhi perché questi ricordi erano veri ed erano orribili. «Penso che avrebbero voluto migliorare i miei, sapete, muscoli e cose del genere.» Indicai il mio corpo. «Per vedere se riuscivano a rendermi più forte.»

«L'hanno già fatto prima» disse il dottore a Bayla.

Lei annuì, con espressione comprensiva. «So che è difficile, Sia, e te la stai cavando benissimo. Ancora qualche domanda per questa rotazione del pianeta.»

Mentre iniziava a parlare, nella mia testa si sentì uno strano ronzio, una cosa che era già successa alcune volte. Mi toccai la tempia e sussultai.

«Sia, riguardo al progetto Alpha. Come pensavano di migliorarti? Ho la sensazione che tu possa sapere più di quanto pensi di sapere. Cerca di concentrarti.»

Il ronzio si trasformò in clic e ruggiti nelle mie orecchie. Poi si fermò.

«Non posso davvero dirlo.» Alzai le spalle, sperando di sembrare preoccupata ma priva di informazioni. «Spero di ricordarmi di più presto.» Aggiunsi: «Voglio davvero aiutare» e questa parte la intendevo per davvero.

Bussarono alla porta e il dottore si girò. «Scusami, devo andare.» Toccò la spalla di Bayla, in modo rassicurante e allo stesso tempo dominante, e desiderai quel tipo di connessione con Daven.

«Dottore, abbiamo ricevuto informazioni secondo cui i karran stanno per intraprendere incursioni ravvicinate attraverso l'area, apparentemente in missioni di studio dei percorsi e di creazione di mappe. Siamo preoccupati che stiano davvero spiando per conto degli ocreziani con l'intenzione di recuperare immagini ad alta risoluzione del nostro pianeta e valutare le nostre capacità. Dobbiamo discutere con te e gli esperti eventuali tecniche di mascheramento o occultamento e se possiamo dissuaderli dalle incursioni.»

«Non qui, S-»

Il brusio era tornato, e questa volta accompagnato da una serie di *zap*. Erano indolori, ma ogni volta che succedeva, la mia vista si resettava e le vertigini mi attraversavano il corpo.

Tremai e scossi la testa. Poi ricordai: c'era un chip nella mia testa. Un chip che poteva essere usato per friggermi dall'interno. Non riuscivo a ricordare quale fosse il suo scopo, ma qualcosa mi faceva credere che il chip si fosse attivato per registrare queste parole. Madre Terra, se solo ci fosse stato un modo per fermarlo.

Quando la porta si aprì di nuovo, era Daven. Mi fece un cenno, poi lui e il dottore si consultarono per qualche minuto. Il dottore prese il mio dispositivo da polso e controllò le letture, poi scosse la testa mentre lui e Daven continuavano a parlare a voce troppo bassa perché io potessi sentire.

* * *

DAVEN

SIA APPARIVA pallida e ansiosa dopo la sua sessione con il dottor Daneth.

Una parte di me avrebbe voluto prenderla in braccio, dire al dottore di lasciarla in pace e riportarla da me dove avrei potuto proteggerla da ogni essere.

Ma, in effetti, avrebbe potuto essere stressata perché stava nascondendo qualcosa. Il dottor Daneth sembrava pensare che sapesse più di quello che diceva e avesse paura di parlare, ma aveva detto che la sua incapacità di darci informazioni chiare avrebbe potuto anche essere causata dal trauma cranico e dalla perdita di memoria.

Non ero sicuro di cosa pensare.

Mentre stavamo uscendo, Axe emerse da un'altra stanza del laboratorio, la sua grande mano era stretta intorno alla nuca di Flora, l'umana con i tatuaggi di punizione e la testa rasata.

Teneva la testa alta e aveva un'espressione ostinata, come se intendesse resistere ad Axe, se non fisicamente almeno con la mente. Con le emozioni.

«Flora!» Sia pianse quando vide la sua amica. Gettò le braccia al collo della femmina dalla pelle chiara e Flora le sussurrò qualcosa all'orecchio che non riuscii a capire.

«Non può parlarti adesso» ringhiò Axe, allontanando Flora e lanciando a Sia uno sguardo cupo che mi fece stringere la mano destra in un pugno.

Ma era sciocco. Axe non stava minacciando la mia femmina.

Almeno, sarebbe stato meglio che non lo facesse.

«Dove la stai portando?» La voce di Sia era stridula per la paura.

«Sta bene, piccola umana» le assicurai. «Siete tutte al sicuro qui su Zandia. Axe non le farà del male.»

Axe raddrizzò le spalle e un muscolo della mascella sussultò. «Certo che non lo farò» disse rigidamente. «Abbiamo solo bisogno di risposte.» Indirizzò un'altra occhiata torva verso Sia. «Da tutte voi umane.»

«Avremo le risposte.» Sembravo più positivo di quanto mi sentivo, ma non mi piaceva il disagio che trasudava da Axe. Non volevo che ciò si riversasse nella mia relazione con Sia.

Mi stavo già affezionando all'idea di averla nel mio domicilio. Di essere il suo padrone.

«Se vogliono restare su Zandia dovranno dire tutto. Non abbiamo intenzione di ospitare agenti di Ocrezia.»

Lo schernii. Ora Axe era ridicolo. «Nessun essere umano è un agente di Ocrezia. Erano schiave. Dovevano strisciare e farsi piccole solo per sopravvivere. Ricordatelo quando interroghi la tua femmina.»

Per la prima volta Flora rivolse il suo sguardo altezzoso, che prima era stato volutamente rivolto lontano da Axe, verso il suo viso. Cercava qualcosa.

«Non è la mia femmina.»

Flora strinse le labbra e distolse lo sguardo.

«Non è stata affidata alle tue cure?» indagai.

Axe esitò. «Sì. Temporaneamente.»

«Quindi tu sei il suo padrone, e lei è a carico tuo.»

«Lei è la mia...» Axe si interruppe e lanciò una rapida occhiata a Flora. Le sue antenne si ingrossarono e si inclinarono verso di lei.

Come sospettavo. Il suo interesse andava oltre le informazioni che avrebbe potuto ottenere.

«Per ora è la tua femmina. Ricorda cosa ha sopportato. Se il suo passato l'ha resa ribelle, è perché le mancava qualsiasi tipo di libertà.»

Axe lasciò immediatamente la nuca di Flora come se il suo collo sottile gli avesse bruciato la mano. «Lo so» sbottò. Invece la prese per il gomito. «Vieni, umana» ringhiò.

«Arrivo, padrone» mormorò Flora con quella che avrebbe potuto essere interpretata come una voce rispettosa, ma in qualche modo non colse il bersaglio.

Sia cercò di raggiungere la sua amica, ma io la presi per portarla via. «Un'altra volta, Sia.»

Diresse i suoi grandi occhi scuri verso di me, sbattendo le sue folte ciglia. «Sì, padrone.»

A differenza di Flora, Sia sembrava genuina e i suoi toni vellutati mi fecero venire il cazzo duro.

Avevo delle idee su come far parlare la mia piccola umana, e tutte la vedevano nuda e alla mia mercé.

In effetti, non vedevo l'ora di poter riservare il tempo per un interrogatorio personale. Uno che prevedesse un po' di punizione per mantenerla onesta.

Uscimmo alla luce del sole mentre il mio amico Khrys e la sua compagna umana Kailani si avvicinavano con il loro bambino in braccio.

Sia sussultò, fissando prima il bambino mezzosangue e poi i due genitori.

Alzai l'avambraccio ad angolo retto, il pugno alto nel tradizionale saluto zandiano. «Khrys, Kailani, lei è Sia. Abbiamo salvato lei e alcune altre schiave umane da Simak 14.»

Khrys imitò il gesto di saluto mentre Kailani allungava una mano per afferrare quella di Sia.

Sia però aveva occhi solo per il piccolo. «Chi è?» Il sorriso le illuminò il viso, rendendomi quasi geloso del bambino che le aveva suscitato tanta gioia.

Mi fece venire voglia di metterle un piccolo nella pancia, di vederla crescere come il nostro mezzosangue.

«Lui è Nicao, il nostro piccolo» disse Kailani con un sorriso. «Ha appena superato un ciclo solare.»

Il ragazzino alzò il pugno in aria come avevamo fatto io e Khrys, e tutti ridemmo in segno di apprezzamento e ricambiammo il gesto.

«È intelligentissimo» tubò Sia.

«È qui per un controllo con il dottor Daneth. Resteremmo a parlare, ma siamo già in ritardo» si scusò Kailani.

«Ovviamente. È stato un piacere conoscervi» esclamò Sia, con lo sguardo ancora fisso sul mezzosangue.

Quando entrarono, alzò il viso verso il mio. «Quindi è vero: gli zandiani si accoppiano con le umane?»

Annuii. «È vero. La nostra specie è in pericolo di estinzione. Il dottor Daneth ha scoperto che le umane sono le migliori riproduttrici per permetterci di ripopolare il pianeta.»

Sia aggrottò la fronte. «Ma Kailani non è...» Spostò lo sguardo nella direzione in cui erano andati Kailani e Khrys. «Non è solo una riproduttrice. Vero? Sembravano... accoppiati. Contenti.»

Le mie antenne si ingrossarono e si inclinarono nella sua direzione. Voleva essere accoppiata. Dare alla luce piccoli zandiani. Ne ero sicuro, e l'idea mi fece fluire il sangue al cazzo. Volevo essere io il maschio che avrebbe messo quei piccoli dentro di lei.

Come se avesse colto il mio umore, si premette contro il mio corpo, i capezzoli tesero il tessuto sottile del suo vestito.

«Molte umane si accoppiano con i loro padroni» mormorai.

Sbatté le palpebre e sentii l'odore della sua eccitazione.

«Ti piacerebbe?»

«Sì, padrone» disse con tono vellutato.

Le antenne si ingrossarono e pulsarono.

Kazo, sì.

Abbassai il viso sul suo, avvicinai le labbra alla sua bocca lussureggiante. «Dimostrami che sei una brava piccola umana e vedremo se faremo una buona unione.»

«Sì padrone.»

Volevo assaggiarla. Spogliarla. Scoprire cosa la faceva urlare. Ma si stava ancora riprendendo dalle ferite. Avrei dovuto aspettare un'altra o forse due rotazioni del pianeta.

Kazo, volevo iniziarla sessualmente.

Axe si sbagliava tantissimo riguardo a queste femmine.

Non dovevano essere temute. Erano pensate per essere conquistate dolcemente ma con fermezza.

CAPITOLO CINQUE

*S*ia «Come ti senti?» chiese Daven la successiva rotazione del pianeta.

Era una mattina soleggiata e i raggi entravano dalla grande finestra a cupola del suo domicilio. La sua era una dimora rialzata che si affacciava su una piazza sottostante piuttosto trafficata e, come ogni cosa sul pianeta, era piuttosto bella.

Un cristallo – cristallo zandiano, mi aveva detto Daven – era incastonato in un lucernario nel soffitto e irradiava cascate di arcobaleni sulle pareti. Daven diceva che gli zandiani usavano l'energia dei cristalli per nutrire i loro corpi: non avevano praticamente bisogno di cibo.

«Mi piace vedere gli esseri andare e venire.» Indicai la strada, pavimentata con pietre piatte che brillavano di frammenti di cristallo. Due umane chiacchieravano sotto di me: era un suono confortante. «Mi piace guardare.»

Un gruppo di guerrieri zandiani avanzava a grandi passi verso una cupola lontana. Erano forti e belli come Daven, anche se non evocavano in me lo stesso desiderio di contatto fisico che suscitava lui.

«Quando potrò vedere le mie amiche?» Presi un acino d'uva dal grappolo che mi aveva lasciato sulla scintillante superficie argentata. Daven mangiava solo ogni dieci rotazioni planetarie o giù di lì, ma mi forniva il cibo più straordinario che avessi mai assaggiato. Cibo fresco: frutta di cui avevo solo sentito parlare ma che non avevo mai visto o assaggiato prima.

«Presto. Dopo che tutte si saranno sistemate.»

Avevo un disperato bisogno di riempire gli spazi vuoti nella mia testa su quello che era successo e sul perché eravamo qui. Sapevo che le mie preoccupazioni erano legittime perché, quando avevo abbracciato Flora durante l'ultima rotazione del pianeta, lei mi aveva avvertita: «*Non dire niente, Sia.*»

Non ero nemmeno sicura di cosa non avrei dovuto dire, ma ero certa che si fosse ricordata di qualcosa e che non dovevamo parlarne.

Ora sapevo che aveva qualcosa a che fare con il chip.

Non vedevo l'ora di avere la possibilità di una vera discussione con Flora e di vedere le altre tre: Katia, Alyza e Janae. Ero ancora un po' all'oscuro del grande segreto che tenevamo in testa. Qual era il suo scopo? Per qualche ragione, credevo che fosse pensato per registrare le cose.

Il che avrebbe potuto essere un problema. E se fossimo state mandate come spie inconsapevoli su Zandia?

Ma questo non aveva senso. Non eravamo state mandate su Zandia, eravamo state lasciate su Simak 14 da un gruppo di ocreziani che pensavano che fossimo schiave del piacere. C'era stato un qualche tipo di disguido. Eravamo state spedite alla destinazione sbagliata.

Allora dove saremmo dovute andare e perché?

E cosa sarebbe successo ora con questi chip nelle nostre teste? Potevamo essere rintracciate? Ci stavano registrando?

Un brivido mi attraversò quando all'improvviso capii perché Flora sembrava così agitata riguardo al fatto che non parlassi. Ricordavo cosa potevano farci se parlavamo: friggerci il cervello dall'interno.

Il chip era intrecciato con i nostri neuroni.

«Sono grata di essere qui» mi affrettai ad aggiungere, per non sembrare ingrata. «Il cibo è delizioso. Sono al sicuro e al caldo. Ma…sono passate tre rotazioni del pianeta adesso, giusto? Posso vedere Flora e le altre umane?» Indicai l'esterno e lo guardai. «Per favore, padrone.»

Si sedette accanto a me e il calore del suo corpo mi provocò un formicolio, come sempre. La frustrazione di essere trattenuta e la paura di perdere i miei ricordi svanivano ogni volta che sentivo la sua presenza. Ogni volta che si avvicinava a me, il bisogno nel mio corpo diventava più forte. Volevo qualcosa che non potevo esprimere a parole. Era un tipo di frustrazione completamente diverso.

Mi toccò il viso. «Le tue ferite sono guarite esternamente. Ma i tuoi ricordi sono ancora assenti. Il dottor Daneth ritiene che sia meglio tenerti per lo più isolata finché non riacquisterai un maggiore controllo sui tuoi pensieri.»

«Non sono d'accordo, padrone.» Mi alzai e camminai. Non sapevo cosa mi spingesse a discutere con il mio nuovo padrone, ma in qualche modo sentivo di essere al sicuro qui. «Penso che uscire mi aiuterebbe. Il mio corpo è pieno di adrenalina, ansia, bisogno. Ho bisogno di qualcosa. Ho bisogno di essere liberata.»

«Hai registrato il tuo diario dei ricordi?» Strinse gli occhi guardandomi. «Sia?»

Annuii. «Sì. Ovviamente li registro tutti.» Era una bugia. Ne avevo registrati molti, ma avevo trattenuto tutto ciò che riguardava la mia cicatrice sulla testa o i dettagli del progetto

Alpha, non che avessi avuto molto successo nel ricordare molto di entrambi.

«Ne ho fatto un altro prima. Dovrei fartelo sentire?»

Lui annuì, stringendo gli occhi, come se non fosse sicuro della mia onestà.

Toccai il dispositivo, ma non premetti il pulsante di riproduzione. «Ricordo che ero in un laboratorio e alcuni dei responsabili del laboratorio di Ocrezia stavano parlando. Erano eccitati. Hanno detto» feci una pausa e chiusi gli occhi per capire bene, «che avevano isolato nuove proteine che potevano essere somministrate insieme a vari ormoni per aumentare la nostra resistenza e farci guarire più veloce-mente dagli infortuni.»

Aprii gli occhi e guardai Daven. «Stavano scrivendo su una lavagna olografica e ricordo i simboli. Posso trascriverli.»

Daven si era calmato ma tutto il suo corpo vibrava di vivo interesse. «Sì, Sia, per favore.» La sua voce era bassa. Mi porse un tablet con lo schermo vuoto. «Fai del tuo meglio per replicarli.»

Non sapevo come potevo farlo, e forse avrebbe dovuto spaventarmi perché non conoscevo la chimica. Non ricor-davo molto del mio passato, ma sapevo che ero brava a orga-nizzare le provette e a fare miscele di base, ma non ero un'esperta di scienza: ero più una tecnica da "segui le istruzioni".

Era strano, come guardare un video, e ancora una volta, come quando avevo incontrato Daven per la prima volta, ero scossa da come il mio cervello potesse riprodurre qualcosa in modo così completo, come se stessi guardando un ologramma. Ero davvero sicura che la mia memoria non avesse mai funzionato così prima?

«Come puoi ricordare tutto questo?» La voce di Daven aveva un tono strano mentre mi guardava cifrare: non era accusatorio, ma più pieno di curiosità. Esaminò il mio lavoro. «Non riesco nemmeno a capirlo. La maggior parte degli zandiani non ricorda le cose in modo così fotografico.» Ingrandì parte dello schermo. «Tutto questo è molto complesso.»

«Io... sinceramente non lo so.»

Scrutò il mio viso come se non fosse sicuro di quello che stava vedendo.

«Daven, davvero non capisco come, ma me lo sono appena ricordato. È proprio lì, nella mia testa.» Alzai le spalle. «Per qualche ragione, riesco a immaginare lo schermo olografico in quel laboratorio, e ricordo di me che alzo lo sguardo dal mio compito di organizzare le provette, e i simboli che si bloccano nel mio cervello.»

«È un progetto che ti è familiare? Sperimenti con sostanze chimiche?» indagò ulteriormente, aggrottando la fronte.

«Non so nulla di questa tecnologia. È come trascrivere una lingua straniera, ma so che è accurata, almeno rispetto a quello che ho visto quel giorno. È solo che... è nel mio cervello.»

«Questo è buono. Molto bene.» Daven finalmente sembrava contento quando finii la complessa serie di equazioni, anche se sembrava ancora preoccupato. «È un ricordo forte e possiamo provare a condividerlo con le altre umane, vedere se ne suscita altri. E se fosse vero, il dottor Daneth potrebbe essere in grado di replicare le tecniche per aiutare le umane qui su Zandia.» Era eccitato e orgoglioso. «Sforzo eccellente, Sia. Vai avanti così.»

Arrossii. Adorai la sensazione di averlo reso orgoglioso di me.

«Sono felice di potervi aiutare.» Mi toccai la testa. «Tu e gli zandiani mi avete aiutata – tutte noi – così tanto. Voglio aiutare tutte le umane che sono qui il più possibile.» Quando lo dissi, ci fu uno strano lampo nella mia testa e un ronzio. Mi toccai le tempie. «Io...» scossi la testa.

«Questa qui è perfetta per il progetto Alpha.» Era un ocreziano a parlare. «Intelligente, sa cifrare, impara molto velocemente. E la scansione del cervello mostra tutta la flessibilità di cui abbiamo bisogno.»

Ero trattenuta con le cinghie. Ci trovavamo in un laboratorio. Adesso avrebbero eseguito l'intervento chirurgico, quello che sarebbe stato l'apice del progetto Alpha, e ci avrebbero trasformate in...

Poi io stessa, molto più tardi, avevo allungato la mano per toccare le cicatrici guarite sulla mia testa, cicatrici che corrispondevano a quelle sul cranio di Flora....

In cosa eravamo state trasformate esattamente? Volevo recuperare più memoria, ma non riuscivo a completarla. Ma ricordavo abbastanza. Mi era successo qualcosa di terribile in quel laboratorio, qualcosa che riguardava il chip, ed era quello su cui Flora voleva che mantenessi il segreto. Aveva bisogno che mantenessi il riserbo, così da farci restare tutte vive.

«Cosa c'è?» Daven si sporse. «Dimmi.»

Scossi la testa mentre i ricordi turbinavano e le vertigini svanivano. «È sparito» mentii.

Non volevo essere disonesta con Daven. Il problema era che, quando arrivavano i flash – e arrivavano più spesso di quanto ammettessi con lui– non sapevo quali fossero quelli sicuri da condividere e quali no. Non riuscivo ancora a scrollarmi di dosso quella sensazione fondamentale di dover imparare di più su me stessa prima di poter dire qualcosa a Daven. Dopotutto, a quanto pareva la mia vita – e quella di Flora – dipendeva dal mantenere il segreto su qualcosa. Sarei stata una sciocca a non concedermi almeno un po' di tempo per capirlo da sola, giusto?

Chiaramente non mi sentivo sicura di condividere questo particolare ricordo in questo momento.

Ma Madre Terra, sapeva che stavo mentendo.

«Non penso che tu sia onesta con me.» La voce di Daven si fece più profonda. «Sia, come tuo padrone, insisto affinché tu risponda sinceramente.»

«Ma l'ho fatto.» Cercai di sembrare convincente. Peccato che l'unica cosa a cui riuscivo a pensare in questo momento non fossero gli stupidi ricordi, ma il modo in cui mi aveva sculacciata due volte in quella capsula di attesa. E come mi aveva fatta sentire. Non mi aveva più toccata in quel modo e, francamente, morivo dalla voglia. Stare vicino a lui risvegliava sentimenti che non avevo mai provato prima in vita mia. Forse se riuscivo a spingerlo a fare qualcosa, potevamo smettere di parlare dei maledetti ricordi. Avrei preferito comunque non affrontarli.

Non si lasciò ingannare. «Va bene.» Si diede una pacca sulle cosce, annuì, poi si alzò. «Possiamo farlo nel modo più semplice o nel modo più duro. Francamente» Daven mi rivolse un sorriso cupo, «io preferirei la strada più dura. Anche se a te potrebbe non piacere.»

Mi sobbalzò lo stomaco. «Qual è la strada più dura?» Mi portai una mano alla bocca. Volevo qualcosa da lui, ma... volevo questo?

«Vogliamo scoprirlo?» Il suo tono era colloquiale.

Si diresse verso un armadietto e lo aprì. «È ora, credo, di farti conoscere alcuni dei metodi zandiani, Sia.»

«M-metodi?»

Prese una borsa nera dall'armadietto e tornò al sedile accanto a me.

«Certo.» Diede una pacca sulla borsa.

Mi allontanai di poco da lui. Non ero sicura di questa cosa.

«Stai seduta.» il tono era d'acciaio.

Smisi subito di spostarmi di lato. «Daven?»

«Puoi chiamarmi *padrone* adesso.»

Aprì la borsa e tirò fuori una piccola striscia di pelle. «Sai cos'è?»

Lo fissai. Scossi la testa.

«Rispondi.»

«No. Uhm, no, padrone.» Deglutii.

«È un piccolo strumento per sculacciare, Sia. Per il tuo bel culo umano.»

Arrossii. Un misto di trepidazione e bisogno mi inondò la pancia. «Io...»

«Tu» sottolineò, «stai per ricevere una lezione sull'obbedienza. Gli esseri umani vengono puniti quando disobbediscono ai loro padroni. Mentirmi non è accettabile.»

Si piazzò la cinghia nel palmo della mano e il suono si diffuse attraverso la stanza, facendomi sobbalzare.

Lui sorrise. «Mettiti di fronte a me, Sia.»

Senza parlare, mi alzai in piedi e obbedii. Mi sentivo come se stessi camminando in un sogno. Ero scioccata da ciò che aveva intenzione di fare, ma una parte di me – quel posto speciale tra le mie cosce – era elettrizzata all'idea.

«Alzati il vestito.»

«Ma io...» Pensavo che mi avrebbe semplicemente presa e che lo avrebbe fatto come nella capsula. Sentii la faccia ancora più accaldata.

Si diede di nuovo un colpo sulla mano, più forte. «I ritardi non fanno altro che aggiungere altre sculacciate, Sia. Imparerai anche questo. Ciò che chiedo non è difficile. Prendi il tessuto con entrambe le mani e sollevalo oltre la vita.»

* * *

Daven

64

. . .

IL VOLTO di Sia arrossì per la confusione e, sospettavo, per il desiderio. Dovevo iniziare a spingere, quanto bastava. Aveva eluso le mie domande nelle ultime rotazioni planetarie, e sapevo che aveva evitato di dirmi deliberatamente quello che ricordava. Questo doveva finire. Ero convinto che fosse pronta per iniziare l'addestramento umano. Sapevo che gli esseri umani erano ricettivi alla disciplina quando veniva praticata in modo sessuale. In effetti, potevano addirittura finire per desiderarla. Potevo solo sperare che fosse vero anche per lei.

«Sia.»

Deglutì e poi afferrò lentamente il vestito. «Ma vedrai le mie, le mie...»

«Esatto.» Alzai un sopracciglio. «Le tue mutandine. E altro ancora. Su.» Annuii.

Esitò. Vidi che era combattuta tra il desiderio di obbedire e l'imbarazzo.

La fissai finché non iniziò finalmente a sollevarsi il vestito. Mentre il tessuto le sfiorava le cosce, si leccò le labbra e qualcosa le si accese nelle pupille.

Ah, ecco. Alla mia piccola umana piaceva. Ero sulla strada giusta.

«Più in alto.»

Obbedì. «È il massimo che riesco a fare.» Il tono era provocatorio ma anche bisognoso. Oh, sì, non sapeva nemmeno quanto desiderava essere posseduta.

«Bene. Stai così.»

Mi alzai in piedi e le girai intorno, osservandola da tutte le angolazioni. *Kazo*, che culetto perfetto aveva, due splendidi glutei pallidi appena coperti dalla seta sottilissima della biancheria intima. Le cosce le tremarono, probabilmente per il nervosismo o per l'attesa. Forse per entrambi.

«Allarga le gambe.» Feci scorrere la cinghia tra le sue cosce e spinsi quella sinistra.

Lei strillò e saltò un po', ma obbedì.

«Sì padrone.» Spostò la gamba di qualche centimetro.

«Di più.»

«Sì padrone.» La voce le tremava mentre allargava le gambe.

«Bene.» Le toccai leggermente l'interno della coscia, non uno schiaffo, solo un tocco, e lei sussultò.

Il mio cazzo era già duro come la roccia.

«Rimani così finché non ti dirò il contrario. Non muovere un muscolo.» Le toccai l'altro interno coscia.

Lei fece un respiro profondo. «Sì padrone» sussurrò.

Spostai la borsa appena fuori dalla vista e iniziai a sistemare alcuni oggetti sulla superficie del contenitore. Sapevo che moriva dalla voglia di guardare: tutto il suo corpo vibrava di nervosa curiosità.

«Padrone, cosa stai...»

«Lo scoprirai presto.» Aprii la custodia morbida che conteneva il trainer anale. Il dottor Daneth aveva detto che alcuni esseri umani rispondevano particolarmente bene quando questo dispositivo era abbinato a una sculacciata, e avevo intenzione di scoprirlo.

Andai verso il divano fluttuante e mi sedetti con la cinghia e il trainer. «Vieni qui, tenendo il vestito alzato.»

Lei obbedì e quasi trattenni il fiato vedendo quanto era sexy. Le mutandine le arrivavano sulle cosce e le coprivano a malapena la fessura.

Spalancò gli occhi quando vide il bulbo argentato luccicare alla luce che veniva dalla finestra, e sbatté le palpebre rapidamente.

«Avvicinati, Sia.» Mi uscì come un ringhio basso.

La afferrai per la vita e la tirai più vicino, finché non fu proprio di fronte a me. Sentivo l'odore della sua eccitazione e sapevo che, se l'avessi toccata tra le gambe, l'avrei trovata bagnata. Probabilmente non sapeva nemmeno perché.

Kazo, dovevo stare attento qui.

«In grembo.»

Emise un piccolo gemito ma non oppose resistenza mentre la facevo scendere sulle mie cosce, tenendo il vestito drappeggiato sulla schiena e sulle spalle per presentarmi il culo.

«Sei stata sculacciata prima?» Le strofinai la pelle con la mano. Era perfetto, come il resto di lei. Teso, morbido, liscio.

«No, padrone.» La sua voce era bassa.

Continuai a massaggiarlo, dolcemente, lentamente, e lei rispose spingendo il sedere contro la mia mano. «Ti è mai stato chiesto di presentare il tuo corpo al tuo padrone in questo modo?»

«No.» La sua voce era più affannata adesso. «Mai.»

«Abituati» le consigliai. «Perché lo chiederò quando voglio.»

Gemette.

Mi presi il mio tempo, strofinando le sue mutandine, poi feci scorrere le dita sotto di esse per toccare la pelle nascosta dal pezzettino di seta.

«Allarga un po' le cosce» ordinai.

Lo fece senza fare domande. Feci scorrere le dita più in basso, sopra la parte delle mutandine che copriva il piccolo buco del culo e spinsi anche un po' in modo che il tessuto si attaccasse al suo buco.

Strillò, ma spinse di nuovo il sedere verso l'alto.

Kazo, questo le piaceva tanto quanto a me, almeno finora. Spinsi ancora il dito, un po' più in là, forzando ancora un po' il tessuto. Poi feci scivolare le dita lungo il tassello delle mutandine. Erano fradice, proprio come pensavo.

«Sei mai stata toccata qui?» Mi chinai e sussurrai,

facendo scorrere il dito su e giù sulla piccola striscia di tessuto bagnata. «Oppure qui?» Le toccai il clitoride.

«No.» Sembrava sognante dal tono. Spostò le cosce. «Oh, per favore. Ancora, per favore.»

Strofinai delicatamente, così dolcemente che la toccai appena.

Lei rispose immediatamente con un gemito e spinse i fianchi contro la mia mano.

«No.» Mossi le dita. «Non muoverti, Sia. Tieni i fianchi completamente immobili.»

«Sì, padrone», sussurrò.

Rimisi il dito sul suo bocciolo di rosa. «Ti piace?»

«Sì, sì.» Respirava più rapidamente. «Oh, dolce Madre Terra.»

Spinse di nuovo i fianchi.

«Ti ho detto di muoverti?»

«Mi dispiace, non posso, è solo che... mi fa stare così bene.»

Si spostò di nuovo sulle mie ginocchia, e mi resi conto che qualsiasi imbarazzo avesse avuto nel sollevare il vestito era scomparso da tempo. Ma sfortunatamente per lei – e per me – questa sessione non sarebbe finita con il sesso.

Presi la cinghia con una mano e le tirai le mutandine con l'altra, così si infilarono un po' di più nel culo. Le tirai ancora, tendendole, finché non gemette.

«Bene, ora che ti sei riscaldata» le dissi, «vediamo quanto ti piace la sculacciata.»

«Ma...» era confusa. «Mi stai toccando.» Cercò di girarsi.

«Ti correggo. Ti stavo toccando. Ora ti frusterò.» Usai la mano libera per riallinearla delicatamente. «Resta in questa posizione.»

Alzai la cinghia. «Farà male» la avvertii. «Perché è una punizione. E mi aspetto che tu stia sulle mie ginocchia e tenga le mani abbassate, Sia. È chiaro?»

Si irrigidì. Le misi una mano sulla parte bassa della schiena. «Rilassa il tuo bel culetto» ordinai. Lasciai cadere la cinghia e le massaggiai delicatamente la pelle finché non lo fece. Poi ripresi la cinghia.

«Venti» le dissi, e prima che potesse elaborare la parola, sollevai la piccola striscia di pelle e la abbassai con decisione su entrambe le natiche.

«Ahi!» urlò, scuotendo il corpo. Scalciò.

«Shh, questo era solo l'inizio. Diventerà solo più duro,» la rimproverai. Alzai di nuovo la cinghia. *Sbam.* La resi più dura, un po' più dura, e lasciai una striscia rossa brillante sulle sue natiche.

«Daven, ahi!» Si girò di nuovo.

«*Padrone,* e quei due colpi non contavano perché ti sei mossa. Ricominciamo. Stai ferma, mani basse, niente calci» ordinai.

«Mi dispiace, volevo solo...oh!» gemette di nuovo mentre abbassavo di nuovo la cinghia, questa volta concentrandomi sulla natica destra.

Scalciò di nuovo.

«E un altro che non conta. Proviamo di nuovo.»

Abbassai la cinghia alcune volte, alternando le natiche, moderatamente forte.

Urlò e allungò le mani indietro. «Ahi!»

«Niente mani, Sia. Non ti trattengo perché devi imparare a controllarti.»

«Ma fa male!» Sembrava sorpresa.

«Te l'avevo detto.» Sorrisi tra me e me.

Si strofinò le cosce e vidi che era ancora più bagnata di prima.

«Comportati bene e le sculacciate finiranno prima. Continua a resistermi e andrà avanti più a lungo. La scelta è tua.»

Abbassai la cinghia una, due, tre volte. Ancora qualche

volta, alternando colpi forti e leggeri. Probabilmente dieci o quindici frustate.

Lei strillò e mosse il sedere e si allungò indietro di nuovo.

Emisi un verso di disapprovazione. «Oh, Sia. Nessuno di questi conterà e te ne restano ancora venti forti da superare. Se non inizi ad ascoltare, domani il tuo sedere sarà ancora più dolorante.»

Fece un respiro profondo.

Il suo sedere era già rosa con alcune strisce rosse: la sua pelle si arrossava molto rapidamente, a quanto pareva. Sapevo che non stavo colpendo abbastanza forte da provocarle dei danni, e volevo solo ottenere un momento di dolce punizione.

«Dimmi che ti dispiace» chiesi. «E che sarai obbediente mentre ti frusto.»

«Mi dispiace padrone» riuscì a dire con voce accattivante. «Sarò obbediente... mentre tu... mi frusterai.»

«Con la cinghia» aggiunsi.

«Con la cinghia», ripeté. «Padrone.»

«Bene. Adesso ne conteremo venti forti. Resta ferma sulle mie ginocchia.»

Alzai la cinghia e la abbassai con forza. Crepitò e trattenne il respiro ma riuscì a non muoversi.

«Bene. Uno.»

La colpii di nuovo, un po' più forte. «Sono due.»

Feci una pausa, facendola aspettare. Si dimenò. «Fa male.» Ma stava ansimando.

La feci aspettare. Poi abbassai la cinghia sulle cosce un paio di volte prima di tornare sul suo culo.

Quando raggiunsi i venti colpi, lei si dimenò e mi restò a malapena in grembo, ma non aveva più provato ad allungare le mani.

Morivo dalla voglia di andare avanti. Volevo toglierle le mutandine e frustarla finché non mi avesse implorato di smetterla, finché non mi avesse promesso di tutto, giurando che mi avrebbe succhiato il cazzo due volte per rotazione planetaria e mi avrebbe permesso di scoparle il culo ogni volta che volevo—ma ora non era il momento. Avrei giocato un po' con il suo culo, però.

«Brava piccola umana.» Le accarezzai il culo. «Hai preso molto bene quella parte della tua punizione. Sono fiero di te.» Usai entrambe le mani per lenire la pelle, massaggiando in movimenti circolari, finché non si sciolse nel mio grembo e iniziò ad aprire di nuovo le cosce, dicendomi che voleva di più.

«Ora voglio che tu ti allunghi indietro e abbassi le mutandine fino a metà coscia» le dissi.

«Perché?» Si allertò subito.

La colpii ancora una volta con la cinghia. Forte. «Il tuo compito è obbedire, non fare domande.» La colpii ancora e ancora. Due bei colpi. «Abbassa le mutandine o ne prenderai altre dieci.»

«Mi dispiace!» Barcollò, sgraziata, e riuscì a calarle. Aveva dovuto tirarle via dall'apertura del culo e della figa, ed ero così eccitato dalla vista che riuscii a malapena a controllarmi.

Me la rimisi in grembo. «Questo» le dissi, prendendo in mano il dispositivo argentato, «si chiama trainer anale.»

«Cosa?» Sembrava spaventata.

Premetti il pulsante blu all'estremità del dispositivo argentato e dalla punta fuoriuscì un gel liscio e trasparente. Con le dita lo strofinai attorno al dispositivo, poi premetti di nuovo il pulsante, così alcune gocce le caddero sul buco del culo.

Strillò.

Spinsi la punta del dispositivo proprio all'ingresso del suo culo.

«Spingerò il dispositivo nel tuo sedere birichino, Sia» le dissi. «E poi resisterai mentre ti sculaccerò di nuovo.»

Mentre parlavo, iniziai a spingere lentamente il dispositivo.

Lei si strinse all'istante.

«Ferma.» Le schiaffeggiai le natiche. «Apri, Sia. Mi aprirai ogni volta che te lo chiederò.»

La sua voce era ovattata mentre borbottava contro la mia gamba. «Sì padrone.»

Tirò su con il naso e rilassò il corpo.

«Brava piccola umana.» Le accarezzai i capelli, poi appoggiai la mano sul suo bel culo. «Lo spingerò avanti lentamente mentre mi dici tutto su come obbedirai, capito?»

Annuì. Potevo praticamente vedere il rossore diffondersi sul suo viso. Sorrisi: addestrare questo grazioso essere umano era una *kazo* di emozione.

Inserii appena un po' il dispositivo e lei strillò e si dimenò. Immaginai che sentisse il calore degli oli che il dottor Daven aveva infuso nel gel e la tenni fermamente. «Sia, inizia a parlare. Dimmi quanto sarai brava per me.»

Lo spinsi ulteriormente e lei sussultò mentre i suoi muscoli tesi erano costretti ad espandersi per assorbire la maggior parte del plug.

«Per favore, padrone. Sarò brava» riuscì a dire. «Ahi! Oh, Daven.»

Le sculacciai il culo. «E?» Lo feci scorrere ancora di più e mi godetti la sensazione del suo corpo che si spostava mentre lottava contro questa nuova sensazione. Sapevo che non era troppo doloroso, ma sicuramente non assomigliava a nulla che avesse mai sperimentato prima, che la riscaldava dall'interno.

«Ti obbedirò e sarò onesta. Prometto!» Poi squittì mentre inserivo completamente il plug e la giravo.

«Assicurati di farlo» la avvertii, dandole una sculacciata su entrambe le natiche rotonde. «Perché questo plug può espandersi e ruotare, Sia. E può trasudare una quantità maggiore di gel riscaldante che farà sentire il tuo bel sedere sempre più come se bruciasse dall'interno.

Lei piagnucolò, ma avvertii un improvviso e brusco aumento della sua eccitazione. Ridacchiai. «Ti piace, dolce umana. E questo è un bene perché ho intenzione di fartelo... spesso.»

Emise un verso impotente e si dimenò, e io le schiaffeggiai di nuovo il culo, solo perché potevo.

«Ora continueremo la nostra conversazione precedente» le dissi. «Torna alla parte in cui mi hai mentito, e ripartiremo da lì.»

CAPITOLO SEI

*S*ia «Ma non ho mentito.» Sapevo che non mi credeva. Non ci credevo nemmeno io: la mia voce non era assolutamente convincente.

Il plug nel mio culo pulsava e faceva male, ma mi stava anche riscaldando, quindi la scintilla malvagia tra le mie cosce aumentava in modo esponenziale con ogni cosa ruvida e invasiva che faceva. Era come se il mio corpo fosse stato costruito per questo.

«Oh, Sia,» quasi canticchiò. «Mi dispiace che tu abbia ancora bisogno di mentire. Ti avevo avvertita.»

Diede un colpetto al plug. «Sei pronta per iniziare a cambiare la tua storia?»

Mi morsi il labbro. «Cosa... oooooh.» Il plug vibrò nel mio foro inferiore e risuonò attraverso tutta la mia pancia. «Daven!» La mia voce era alta e bisognosa. Spostai le cosce, le aprii leggermente. «Ho bisogno... ho bisogno.»

«Ciò di cui hai bisogno» mi diede una forte pacca sul sedere, «è raccontarmi quel ricordo. Quello che fingevi di aver perso.» Schioccò le dita. «Adesso.»

«Io...» sussultai. «È...»

Il ricordo si profilò di nuovo nella mia mente, a colori. «*È completamente immobilizzata?*»

«*Ovviamente. Pronta per ulteriori test, comandante.*»

La stanza era bianca con luci rotonde e brillanti molto sopra la mia testa. Troppo luminosa. Non volevo far parte di questo esperimento, ma noi schiave di Ocrezia non avevamo alcuna scelta: facevamo quello che ci veniva detto, con dignità, oppure soffrivamo. «Il progetto Alpha è il fulcro del nostro futuro per quanto riguarda...»

«Parla, Sia.» Daven picchiettò di nuovo il plug e la piacevole vibrazione cessò. Il plug si espanse improvvisamente fino al punto in cui non fu più davvero divertente.

«Ahi.» Sussultai.

«Sia.» La sua voce era granitica.

Anche il plug non era più piacevole. In effetti, era caldo e... mi bruciava il culo!

«Ahi, Daven!» Mi allungai indietro, cercando di tirarlo fuori. «Brucia!»

Ora aveva la voce divertita. «Non ti farà del male, piccola umana, ma l'estratto botanico che emana può essere piuttosto... bollente. O almeno così ho sentito. Io non ne ho mai usato uno.»

«Tiralo fuori!» Ero un po' in preda al panico e arrabbiata. Ma mi stava tenendo stretta.

«Facciamo le cose a modo mio, Sia.» Mi sculacciò ancora, una, due volte. «E questo significa che manterrai questa impostazione finché non sceglierai di dirmi la verità. Puoi fidarti di me. Imparerai che è sicuro, piccola umana. La tempistica, però, dipende davvero da te.»

«Ma fa male!» Piagnucolai e mi lagnai. Era pazzesco. I miei ricordi potevano anche essere compromessi, ma sapevo che normalmente non avrei mai discusso con un padrone di schiavi. Qualcosa in questo zandiano mi metteva abbastanza a mio agio da mostrare il mio malcontento.

«Si fermerà non appena mi dirai quello che voglio sapere. Immagina quanto sei fortunata. Alcuni padroni fanno indossare alle loro femmine umane il plug con questa impostazione per un'intera mattinata. Ti piacerebbe?»

«No!» dissi velocemente, anche se una parte del mio cervello, una strana parte profonda, si chiedeva se dopotutto non fosse poi così brutto.

Ma volevo davvero che in questo momento gli facesse fare l'altra cosa, la vibrazione. E mi toccasse. Madre Terra, volevo le sue dita sul mio corpo. Confidavo che mi avrebbero fatto stare bene.

«Va bene, te lo dirò!» sbottai. Diceva che potevo fidarmi di lui, e in questo momento ci credevo. «Ti prego. Ok.» Esitai e continuai: «Ero in un laboratorio ed ero legata. Stavano per farmi qualcosa.» La paura iniziò a turbinarmi nel petto. «Non so cosa, lo giuro, manca ancora quella parte. Ma hanno parlato di un progetto.» Deglutii, con la bile che mi saliva in gola. *Non parlare del progetto.* «Daven, aiuto!»

Tutto il mio corpo si irrigidì nel panico più totale. «Non dovrei dirlo, non devo, non devo!» Urlai l'ultima parte.

Reagì immediatamente. «Sia, shhh, va bene, va bene.» Le sue dita veloci staccarono il plug, lo estrassero in pochi secondi. «Va tutto bene.»

All'improvviso mi ritrovai tra le sue braccia, con la faccia premuta contro il suo petto, a singhiozzare. «No, non è vero. Mi faranno del male se lo dico.»

«No, tesoro, non lo faranno. Sei al sicuro qui, non tornerai indietro. Promesso.» La sua voce era dura, ma non contro di me. Da lui, in questo momento, sentivo solo protezione. «Puoi dirmelo. Non farà altro che migliorare le cose qui, Sia.»

«Va bene.» Feci un respiro profondo. «È come se la mia bocca non riuscisse a far uscire le parole.»

Mi accarezzò la schiena, aspettò. «Prova.»

Feci un altro respiro e dissi tutto prima che la mia mente potesse elaborare quello che stavo facendo. «Si chiama progetto Alpha, e io sono un progetto Alpha, e sono una sperimentale, ed è top secret, e quei due ci hanno prese per errore, e loro, si sono resi conto del loro errore, e hanno pensato che forse avrebbero dovuto ucciderci o nascondere la cosa o qualcosa del genere, e mi hanno attaccata quando siamo arrivate su quel pianeta, erano arrabbiati e pensavano che ci eravamo intrufolate su quella navicella o qualcosa del genere, ma perché avremmo dovuto farlo...»

Stavo iperventilando. «Non so altro, è tutto sparito.»

«Ottimo lavoro.» Mi accarezzò la spalla. «È stato eccellente, Sia. Grazie per avermelo detto.»

Mi alzò il mento e incrociò il mio sguardo. Il suo bel viso era severo, ma quando sorrise tutto il mio corpo si sentì sciolto e caldo. «Ben fatto.»

Mi sentii stranamente orgogliosa e abbassai la testa. «Tutto quello che ho fatto è stato dire qualcosa.»

«Ricordi altro? Cos'è il progetto Alpha?» Era calmo, ma percepivo l'urgenza dietro le sue parole. «Hai idea di cosa stian pianificando gli ocreziani con i karran?»

Scossi la testa. «Mi dispiace. No.» In questo momento era vero: il cervello mi stava ballando nel cranio, sussultando e tutti i miei pensieri si confusero. E la sensazione più strana si mescolò a tutto questo, come se qualcosa fosse vivo e ronzasse – dentro la mia testa. Cos'era Madre Terra? Poi svanì.

Ma il peggio non era successo! Avevo parlato del progetto Alpha – avevo effettivamente menzionato quelle parole – e non era successo niente. Provai un tale sollievo che non mi preoccupai nemmeno delle strane sensazioni nella mia testa. Forse le cose sarebbero andate bene nonostante tutto.

Lui mi sollevò di nuovo la testa e i nostri occhi si incontrarono per qualche secondo. Annuì. «Va bene. Ma quando ti ricorderai di più, me lo dirai, ok?» Alzò un sopracciglio. «Oppure la punizione sarà più lunga. Più approfondita.» Sorrise e all'improvviso le fitte del desiderio tornarono, con tutta la loro forza, travolgendo e dissolvendo ogni paura o angoscia residua portata alla luce dal terribile ricordo.

Feci appello al mio coraggio. «Sento di meritare una ricompensa, però. Per essere stata così brava. Non sei d'accordo... padrone?» Mi spostai sulle sue ginocchia. Ora che non ero più presa dall'emozione, potevo sentire che una parte del suo corpo era dura come la roccia sotto le mie cosce. Una parte molto interessante. Emise un piccolo gemito e, vittoriosa perché ero riuscita a evocare quel verso da lui, lo feci di nuovo. «Ti piace, padrone?»

Era mia quella voce, tutta sensuale e lenta? Provocante? Da dove veniva tutto ciò, Madre Terra?

Non lo sapevo, ma lo feci di nuovo. «Sento che abbiamo delle cose da risolvere.»

Ringhiò e mi afferrò, e le sue mani passarono da tenere a potenti in un secondo. «Pensi di meritare una ricompensa, vero?» rise. «Oh, dolce umana, non sai le cose che farai per guadagnarti il rilascio. Non ne hai nemmeno la minima idea.»

«Allora illuminami.» Uscì come un sussurro, rauco e selvaggio. «Daven.»

Lo guardai, quegli occhi meravigliosi, il suo viso, e vidi che le antenne erano rigide e dure. Incantata, alzai la mani e avvolsi le dita attorno a una di essa. Tutto il suo corpo si irrigidì ed ero certa che gli fosse piaciuto, ma mi afferrò la mano.

«Non. Toccare. Senza. Permesso» sbottò, ma la sua mano era gentile mentre teneva la mia lontana dal suo corpo. «Capito?»

«Sì padrone.» Mi spostai, il bisogno tra le mie cosce era impossibile da ignorare. «Perché no?»

«Le mie antenne sono... sensibili.» Si schiarì la voce. «Quando sarà il momento di toccarle, te lo farò sapere.» La sua voce era come un ringhio e mi fece capovolgere lo stomaco.

«Ma visto che mi hai dato davvero piacere, vedremo se questo ti piacerà.» Si abbassò e mi allargò le gambe. «Sei mai stata toccata qui, Sia?»

«No.» Gli afferrai la mano, per metà desiderosa di spingerla più a fondo, più forte contro il mio corpo, per metà timida, trattenendolo.

«Che cosa ho detto riguardo al toccare?» Mi afferrò la gola, con una presa salda.

Sussultai. Non faceva male, ma lasciai subito andare. «Hai detto di non farlo.»

«Esatto» mi disse. «In questo momento, tieni quelle mani per te. Afferrami di nuovo e tornerai sulle mie ginocchia per altri venti colpi forti con la cinghia.»

Feci un respiro profondo. «Sì, padrone.»

Mi posizionò in modo che la mia schiena fosse contro il suo petto e allargò le gambe, una su ciascuna coscia. Sentivo l'aria fresca della stanza nella mia fessura e tremai per l'attesa.

«Vuoi qualcosa, hmmm?» Mi passò un dito sul seno. «Vediamo se riusciamo a capire esattamente di cosa si tratta.»

Il capezzolo si mosse in risposta e io mi contorsi, spostando i fianchi verso l'alto. Giocherellò e lo stuzzicò finché non gemetti sotto le sue cure. Non avevo più alcuna voglia di allontanare le sue mani, nemmeno un po'. Le volevo addosso, ovunque. *Ora.*

Rise. «Penso che questo ti piaccia.» Strinse dolcemente, poi più forte, finché non gemetti. «E questo.» Colpii la punta rigida con l'unghia. «Sei così sensibile, *kazo*. Penso che potrei farti venire semplicemente facendo... questo.» Diede un colpetto di nuovo al capezzolo e lo strinse finché non sentì un forte schiocco di dolore. Lo odiai e lo adorai. Lo fece di nuovo. E di nuovo.

Gridai, inarcando il corpo, mentre scintille di piacere mi attraversavano. Stava crescendo, questa sensazione straordinaria. «Ti prego» sussultai, non sapendo nemmeno cosa volessi che facesse.

«Ti prego cosa?» chiese. Adesso mi stuzzicava i capezzoli, entrambi, con le dita forti. «Ti prego pizzicami i capezzoli, padrone? Fammi male?»

Lo ripetei velocemente. «Ti prego padrone, pizzicami... i capezzoli.» Ero imbarazzata nel pronunciare queste parole, ma avevo bisogno che continuasse a farlo. «Fammi male.» Ma non faceva male, non proprio. Era un *dolore* non dolore e buono che suscitava solo piacere. Era incredibilmente sorprendente.

«Brava umana», mormorò. «E forse potrebbe piacerti anche *questo*?» Fece scorrere le mani lungo i miei fianchi, sulla pancia. Inspirai forte e le sue labbra mi sfiorarono il lato del collo mentre le sue dita mi tracciavano disegni sulla pelle, il suo respiro illuminava il mio corpo, mi sembrava che tutta la mia colonna vertebrale stesse inviando deliziose scintille su e giù.

Non sapevo se mi avesse toccato per minuti o ore, ma presto non resistetti più. Avevo bisogno delle sue dita in un posto nuovo, che non avevo mai esplorato prima.

Sembrava che lo sapesse. «E forse qui?» Sfiorò la parte del mio corpo che lo bramava.

Quasi piansi per la bellezza della sensazione. «Stelle, Daven, sì. Per favore, sì. Sì. Oh, stelle. Non fermarti.»

«Nel caso non lo sapessi,» mi sussurrò sul collo, «questo...» e ci fece roteare lentamente il dito attorno, «è il tuo clitoride. E qui...» mosse il dito lungo il mio corpo e lo infilò nella mia apertura, «c'è la tua figa. Impara le parole, piccola umana. Così potrai chiedere bene quello che vuoi...»

«Sì, per favore, toccami lì, sul clitoride» gemetti e mi inarcai, cercando le sue dita. Il suo respiro mi illuminò, insieme a quelle dita magiche.

«In futuro lo chiederai con la bocca» mormorò. «Dandomi così tanto piacere che non avrò altra scelta che scoparti. Ma per ora basterà questo.»

Adesso mi mise due dita dentro e spinse, e io spinsi indietro, muovendomi istintivamente per fargli strofinare il punto che bruciava.

«La prossima volta aspetterai.» La sua voce era un po' più dura. «Ti porterò al limite ancora e ancora e ti punirò se verrai troppo presto. Ma questa volta ti lascerò godere liberamente.»

Non sapevo nemmeno cosa intendesse e in questo momento non mi interessava. Tutto quello che volevo era il brivido che stava arrivando. Ero su un'onda, stava crescendo e si sarebbe schiantata. Le sue dita si muovevano dentro di me. Un altro dito mi accarezzava il clitoride, e insieme facevano sì che il mio corpo si sentisse sempre più stretto, e stavo per....

Urlai, e il mondo intero si infranse in un'esplosione di colori e brillanti fitte di piacere, mentre il mio orgasmo mi trafiggeva, facendomi rabbrividire di puro piacere.

Andò avanti all'infinito finché non delirai, e poi crollai di nuovo su di lui, la mia figa che si contraeva di pura gioia, la pelle umida per lo sforzo, tremante di felicità. Ero spalancata, completamente bagnata dalla mia recente eccitazione, nuda per lui – e lo adoravo.

«Daven.»

Non avevo mai provato niente del genere. Chi poteva sapere che la vita potesse riservare un simile tesoro per un'umile schiava come me?

Improvvisamente ci furono lacrime sulle mie guance, ma non ero triste: ero più felice di prima. «Daven» ripetei e mi premetti contro il suo corpo come se fosse l'unica cosa che potevo fare. Se per sentirmi così bene e al sicuro era necessario obbedire ai suoi comandi, lo avrei fatto volentieri ogni secondo di ogni rotazione del pianeta. «Grazie padrone.»

* * *

DAVEN

KAZO, la volevo, più di quanto avessi mai desiderato una donna. L'impulso di buttarla giù e infilarle il cazzo dentro, cavalcarla forte fino a riempirla con il mio sperma arcobaleno, mi faceva quasi ringhiare di desiderio. Ce l'avevo davvero duro, al punto da far male, ma ora non era il momento. Aveva bisogno di fidarsi di me. La prossima volta l'avrei scopata forte, questo era un dato di fatto, ma ora aveva bisogno di rilassarsi. Di fidarsi che avrei fatto le cose per bene.

«Piangi?» Le striature sul suo viso mi distrassero dalla mia ferrea eccitazione. Toccai una lacrima. «Ti ho fatto male?»

Ironico, forse, ma c'era una differenza tra il dolore che volevo causare e il dolore che non volevo darle. Noi zandiani spingevamo le nostre umane in un luogo dove piacere e dolore si mescolavano, ma non oltre.

«No, non è quello. L'hai fatto, un po', ma non...» Arrossì e sembrò intimidita. «Mi hai fatto sentire così bene.» Sembrava riverente. «Non ho mai... il mio corpo non ha... non lo sapevo.»

Sorrisi, pieno di ampio orgoglio. Sì, era vero, *kazo*. Questa

83

era la mia femmina, possedevo lei e il suo bel corpo e le avevo dato il primo orgasmo da urlo della sua vita.

«Succederà di nuovo» promisi per poi aggiungere un avvertimento: «Ma solo su mio comando. È chiaro?»

«Ehm, sì?» Mi guardò con gli occhi spalancati.

Non avevo programmato di farlo, ma mi sembrava giusto. «Quella figa appartiene a me» ringhiai, abbassandomi per toccarla di nuovo. «E anche questo.» Le sfiorai il clitoride. Era sensibile ora che era appena venuta, e strillò e mosse i fianchi. Spinsi e le accarezzai di nuovo il clitoride, costringendola ad accettarlo. «Non puoi toccarlo a meno che non lo permetta espressamente.» Sì, ecco come sarebbe andata. Avrei avuto il dominio.

«Ma…»

«Niente ma. Indietro le mani, Sia. Se scopro che ti sei toccata senza permesso, verrai punita. Di brutto. Quello che ho fatto durante questa rotazione del pianeta ti sembrerà un sussurro sul culo. E lo scoprirò. Perché non mi mentirai mai più, non è vero?»

«Sì padrone.» La sua voce era alta e bisognosa.

Le diedi un colpetto al clitoride e lei gridò, si dimenò, ma era intrappolata contro di me e non riusciva a liberarsi. «E ti tocco quando e dove voglio, senza riserve.»

«Sì, padrone!» strillò mentre la toccavo, prima brusco, poi piano. Stuzzicandola.

«Per esempio…» Le passai sopra il polpastrello dell'indice, ancora e ancora, finché non respirò affannosamente. Era ancora più bagnata di prima ed ero certo che stesse iniziando a sentirne il bisogno.

«Così.» Continuai a toccarla, ancora e ancora, finché lei tremò e mi afferrò l'avambraccio.

«Daven, più forte, per favore, più forte.» Cercò di strofinarsi contro il palmo della mia mano. «Così, ti prego» ansimò.

La girai all'istante e le colpii il culo, forte. «Cosa ti avevo detto?»

Si spaventò e si irrigidì, quindi la schiaffeggiai di nuovo. «Rilassati per le sculacciate, Sia.»

Gliene diedi alcune forti, ancora più forti di prima.

Lei gemette e scalciò. Il suo culo era di un bel rosa, le strisce lasciate dalla frusta risaltavano come linee rosse opache. Non avrebbero lasciato lividi o segni duraturi: non ci ero andato così pesante. Non avevo intenzione di farle una cosa del genere, almeno non adesso, ma lo avrebbe sentito sicuramente domani. «Daven! Padrone!»

Stava sentendo il mix di piacere e dolore che amavo provocare alle mie femmine. Le rendeva così compiacenti e sembrava migliorare significativamente i loro orgasmi. Lo avrebbe odiato, le sarebbe piaciuto e sarebbe arrivata a desiderarlo, ogni volta.

La desideravo così tanto che la mia vista era offuscata, ma mi costrinsi a concentrarmi su di lei, questa volta.

«Proviamo questo» ringhiai, depositandola sulla piattaforma per dormire. «Aprile, Sia.»

Le aprii le cosce e lei fu fin troppo felice di aiutarmi, affondando i talloni nelle coperte e inarcando i fianchi, come se sapesse cosa stavo per fare. Eppure, quando mi inginocchiai e avvicinai la bocca a lei, gridò e tremò, e dovetti afferrarle le cosce per non farla scappare. Passò solo un secondo prima che tornasse a desiderarlo, spingendomi la figa in faccia, gridando piccoli versi, non erano parole.

«Questo è mia» ringhiai, leccandole la fessura e toccandole il clitoride. «Tutto mio. Sarò io quello che ti darà piacere, Sia. Solo io.»

«Sì padrone!» Era a malapena lucida. Il suo corpo bramava il piacere.

«Non venire» ordinai. «Aspetta.»

Poi feci girare deliberatamente la lingua attorno al suo clitoride, nel tentativo di renderle difficile resistere.

«Daven» piagnucolò. «Non posso.»

«Puoi. E lo farai.» Alzai la mano e pizzicai un capezzolo. «E sarà un piacere insegnarti.»

La leccai di nuovo, per lunghi secondi, finché non implorò.

«Daven, lo giuro, ci sto provando, ma sto venendo, non posso!» Era disperata.

Ero un po' sadico, lo sapevo, ma mi faceva piacere torturarla in questo modo.

«Quindi vuoi un'altra sculacciata?» Le pizzicai più forte il capezzolo. «Se vieni troppo presto, ti punirò finché non piangerai, dolce umana. E questo, dopo che sarai venuta. Non sarà altrettanto divertente allora, lo sai.»

«Lo so, ma non posso!» gemette, con tutto il corpo teso.

«Hmm, allora questo è un dilemma, non è vero?» Addolcii il tono. «Vediamo come risolvi.»

Procedetti usando le mie abilità per farla quasi impazzire, portandola sull'orlo del baratro, per poi tirarmi indietro appena prima che raggiungesse la cresta. Avrebbe potuto pensare che si stesse trattenendo - ci stava provando, ma non sapeva che la stavo aiutando quel tanto che bastava per permetterle di riuscire.

Alla fine, mi arresi. La leccai fino a un crescendo di sensazioni, poi le dissi: «Vieni per me, Sia. Ora. Vieni sulla mia lingua, piccola umana.»

E lo fece. Con un urlo, afferrò il suo piacere e mi cavalcò con forza il viso, diffondendo la sua deliziosa essenza sulla mia bocca mentre tutto il suo corpo aveva convulsioni da orgasmo.

Quando scese, mi balbettò qualcosa di incoerente contro il collo. La strinsi e, con mia sorpresa, passarono solo pochi minuti prima che si addormentasse.

Forse non era una cosa così strana. Le avevo appena regalato i primi orgasmi della sua vita e dovevo dire che erano
stati davvero fantastici.

La guardai per un attimo. I suoi riccioli erano sparpagliati
intorno alle spalle e il culo era rosa. Sembrava dolorosamente bella. La toccai dolcemente, per non svegliarla,
costringendomi a fermarmi prima di sentire l'impulso di
svegliarla e rifare tutto da capo. Adagiai una copertura di seta
di ragno sul suo corpo.

Ma la mia carne aveva bisogni potenti e non potevo più
aspettare. Mentre la guardavo dormire, afferrai il cazzo dolorante e lo accarezzai forte, gemendo di piacere mentre
pensavo a quanto sarebbe stato bello quando finalmente fossi
entrato nel suo corpo stretto. Ricordando quanto si era
bagnata, quanto erano buoni il suo odore e il suo sapore.
Quando venni, fu forte, potente e così bello che avrei voluto
ruggire e cadere su di lei, afferrarla forte e non lasciarla mai
andare. La mia piccola umana.

Scacciai quel pensiero mentre mi pulivo e indossavo
vestiti puliti. Non era veramente mia. Questa cosa era
temporanea. Re Zander non me l'aveva data come compagna,
me l'aveva affidata per motivi di lavoro. Era mio dovere
legare con lei e convincerla a fidarsi di me, a darmi le informazioni di cui avevamo così tanto bisogno. Non sapevo cosa
sarebbe successo una volta che si fosse ricordata tutto e avessimo dato gli aggiornamenti al dottor Daneth e a re Zander.
Inoltre, sapevo che mi stava mentendo. Non potevo fidarmi
di lei, anche se il mio corpo ne era magnetizzato e, dovevo
ricordarlo a me stesso, avrebbe potuto rappresentare un
pericolo per Zandia. Non avrei voluto nemmeno prendere in
considerazione l'idea di prendere una compagna che era
contaminata in quel modo. Non importava quanto avessi
sentito di conoscerla la prima volta che ci eravamo incon-
trati, come se fosse destinata a me, quelli erano solo i miei

ormoni. O qualcosa del genere. Dopotutto, avevo già commesso grossi errori in passato, fidandomi di esseri di cui non avrei dovuto fidarmi. Non ci sarei cascato più. Mai. Per quanto non potessi fidarmi di lei in questo momento, non potevo fidarmi nemmeno di me stesso. Speravo di non dimenticarlo.

Ciononostante, ero inspiegabilmente soddisfatto, soprattutto per uno che aveva dovuto darsi soddisfazione da solo, e mi ritrovai a fischiettare sottovoce mentre riordinavo la casa e lavoravo sul tablet, annotando ogni parola che mi aveva detto dei suoi ricordi, così da poterle inviare immediatamente al re. E anche mentre lavoravo, non potevo fare a meno di guardarla di tanto in tanto, assicurandomi che fosse ancora a suo agio. Desideravo solo vedere il suo viso rilassato mentre sognava.

CAPITOLO SETTE

S^{ia} Mi svegliai all'improvviso dopo sogni inquietanti, ma svanirono velocemente quando alzai lo sguardo e vidi Daven dall'altra parte della casa, intensamente concentrato su un dispositivo che aveva tra le mani. Le sue spalle larghe e i muscoli scolpiti mi facevano vibrare dentro, e volevo che rifacesse tutto di nuovo.

«Ciao» dissi timida.

«Sia.» Si alzò subito e venne da me. «Come stai?» Mi scrutò con uno sguardo acuto. «Tutto bene?» Alzò un sopracciglio.

«Sì padrone. Credo di sì.» Mi stiracchiai, osservando i suoi occhi che si posavano sul mio corpo. Lui era il padrone, ma chiaramente anch'io avevo un po' di potere qui. Lo feci di nuovo, solo perché era divertente vederlo mentre mi guardava.

Mi attirò contro il suo corpo e mi piazzò un bacio sulla testa, e io volevo di più. Non mi aveva ancora baciata, non sulle labbra. Sapevo che gli esseri lo facevano, almeno quelli a cui piacevano le attività a cui Daven e io avevamo preso parte prima. Non era un ricordo, ma più una conoscenza fonda-mentale. Da dove venivo, le schiave come me non si accop-piavano e non provavano piacere. Ma ne parlavamo tra di noi; alcune di noi avevano visto cose su altri pianeti o in altre proprietà. Noi schiave accumulavamo più conoscenza di gruppo di quanto i nostri padroni di Ocrezia sapessero o volessero in nostro possesso.

«Dovresti mangiare.» Non era un suggerimento. «Man-tieni alto il livello di energia. È di aiuto per la guarigione del cervello.»

Indicò un tavolo basso apparecchiato con offerte per me: uva, altre bacche mature e alcune cose che non riconoscevo.

Affamata, mangiai il cibo. «Tu non ne vuoi?»

Scosse la testa. «Potrei mangiare per il sapore, ma in questo momento non ne voglio.»

«Ti stai perdendo qualcosa di buono.» Sollevai un chicco d'uva, poi lo misi sulla lingua e lasciai che il sapore esplo-desse mentre lo schiacciavo con i denti. Stuzzicarlo era un gioco nuovo e mi piaceva.

Gli brillarono gli occhi e notai una contrazione musco-lare nella sua mascella. «No.» Mi fece un sorriso pigro. «Non per le cose che mi piacciono davvero. Ho intenzione di pren-derne in abbondanza.»

Arrossii perché il significato era chiaro.

«Ma per ora devo andare.» Indicò le ampie finestre e avrebbe potuto significare qualsiasi cosa: guerra, missioni, incontri. «Tornerò entro la fine della rotazione del pianeta.»

Non mi diede dettagli. Nonostante i momenti di passione, c'era ancora così tanto che non ci dicevamo. Ancora non sapevo se avrei mai potuto dirgli i segreti che custodivo.

«Tu» fissò lo sguardo su di me, «devi eseguire i miei ordini. Se ottieni altri ricordi critici, dovrai registrarli per me.»

«Sì, padrone.» Scossi la testa. «Lo farò.» *Almeno quelli che mi sentivo sicura di condividere.*

Aspettò un attimo poi si sedette vicino a me. «Sia. Ti piace il modo in cui le umane vengono trattate qui, finora? È meglio di quello che hai avuto in passato?»

«Lo sai che è così.» il mio tono era secco. «Molto meglio.»

«I tuoi precedenti proprietari, gli ocreziani, sono noti per la loro crudeltà verso le umane. Non dovremmo dare rifugio a nessuno, tanto meno a tutte le umane che abbiamo. E quanto all'accoppiamento con le umane, come facciamo noi – dando alla luce dei piccoli – preferirebbero spazzarci via, pensiamo, piuttosto che lasciarci andare avanti così. È una diretta violazione dei loro ordini. Se lo sapessero lo considererebbero come una massima mancanza di rispetto e vorrebbero darci una lezione. Tutti nell'universo vedono e sanno che gli ocreziani non tollererebbero tale comportamento.»

«Lo so.» Questo mi faceva male allo stomaco. Ero qui da così poco tempo, eppure vedevo già che era un'utopia. Volevo restare qui e contribuire a questa società. A Daven. Disperatamente.

«Quindi tutto ciò che sai sulla loro forza militare, sui piani sperimentali, qualsiasi cosa – anche se non pensi che sia relativo o importante – potrebbe aiutarci ad anticipare ciò che stanno tramando. Possiamo solo…»

Era strano, ma mentre parlava sentivo un ronzio nella testa, come quello di un insetto. Solo che era all'interno. I miei pensieri si confusero di nuovo come era successo sull'astronave, e all'improvviso fu come se vedessi le sue parole cifrate su un tablet, i suoni si unirono in forme che potevo bloccare nella mia memoria e scaricare nell'impianto, *dove il mio padrone le avrebbe lette e avrebbe scoperto cosa stessero facendo gli avversari.*

«Ah!» Una scarica di energia o di dolore mi accecò e mi toccai le tempie. «Ahi.»

«Sia? Che c'è?» Daven si inginocchiò, con la faccia allo stesso livello della mia. «Che c'è? È la tua ferita alla testa?»

«Non lo so.» Sbattei le palpebre contro l'intenso dolore, mentre dei puntini mi danzavano davanti. «Non posso... non lo so. Fa malissimo.» Gemetti, ma il suono era lontano, come a un milione di chilometri di distanza, e mi arrivava come una piuma nel vento. Mi accasciai.

Poi, con la stessa rapidità con cui era iniziato, finì. Ero di nuovo lucida e il dolore era sparito. Inclinai la testa. Avevo percepito qualcosa riguardo a dei suoni, delle forme? Ma non c'era più, e tutto ciò che vidi fu lo sguardo preoccupato e il bel viso di Daven. «Sto bene. Penso che siano solo i postumi degli infortuni.» Qualcosa mi dava vagamente fastidio, come se ci fosse qualcosa di più, ma, come prima, il pensiero si disperse nella nebbia.

Mi guardò negli occhi, fece una pausa, annuì. «Va bene. Se succede di nuovo, contattami.» Indicò il mio polso, dove si illuminò un'unità di comunicazione. «Premi il pulsante e ti connetterai direttamente con me, Sia.»

Annuii. «Sì padrone.» Sorrisi debolmente perché il mal di testa era passato, e aveva ragione, la vita qui era meravigliosa e avevo intenzione di viverla il più profondamente possibile.

«E....» ricambiò il sorriso, lasciando che i suoi occhi viaggiassero su e giù per il mio corpo. «Non toccare ciò che è mio. Nemmeno una volta.»

Aspettò.

«*Oh*. Sì padrone.» Mi sentii avvampare.

«Fai la brava.» E se ne andò.

* * *

Sia

Dopo che Daven se ne fu andato, vagai per il piccolo domicilio, cercando di non sentirmi così intrappolata. Ero fortunata oltre ogni immaginazione ad essere qui, e, per le stelle, lo sapevo. Eppure, mi ero già espansa nella mia nuova libertà, la mia anima avida desiderava di più, e ora volevo stare fuori. Per vedere le mie amiche schiave. Per fare di più.

Premetti una mano sul vetro, appiattendo le dita.

All'improvviso mi attaccò un'altra immagine o, meglio, una serie di flash.

«Stanno tramando qualcosa. Intel afferma che ne hanno almeno 100 sul loro pianeta. Forse di più. In diretta opposizione ai nostri ordini. Che sfrontatezza!»

Balzai in avanti, ansimando, usando entrambe le mani per sostenermi, entrambi i palmi sudati sulla finestra mentre ricordi ancora peggiori riaffioravano.

«È in posizione. Pronta per l'inserimento del chip. Inizio a contare, dottore.»

«Sì, dottore.»

«Sentirà dolore, ma l'immobilizzatore muscolare le impedirà di muoversi. Deve essere sveglia mentre completiamo il lavoro, così sappiamo quando arriva nel punto giusto.»

«Ricorda, Sia, quelle che parlano di Alpha Due possono essere sottoposte a un'intera settimana di punizione con lo shock stick. Pensi che saresti altrettanto efficace nel camminare e nel funzionare dopo? Forse qualche colpo potrebbe ricordarti cosa si prova.»

Dolore fortissimo in tutto il corpo.

Urlai. Poi crollai a terra, sudando e singhiozzando.

Altri ricordi. *Un ocreziano spiegava mentre indicava me, Flora e le altre: Queste sono solo esperimenti per il lavoro sul pianeta. Il trasmettitore funzionerà solo entro {una certa distanza} e i chip sono solo al giro 0. Queste qui non verranno ancora inviate fuori dal pianeta.*

E.. l'ultimo gruppo di Alpha continuava a morire quando cercavamo di recuperare i ricordi. Meno male che abbiamo una fornitura così illimitata su cui sperimentare. Risata. Una risata forte e rauca.

Questo era quello che ero: una cavia sperimentale. Con una specie di chip nel cranio? Era questo che mi faceva male alla testa e mi faceva perdere i pensieri? Perché non riuscivo a ricordare altro su Alpha 2? Ero solo uno strumento, programmato per avere paura di ricevere aiuto. La paura era programmata nel mio cervello.

Avrei dovuto dirlo a Daven. Poteva dirlo al dottore e forse loro potevano curarmi!

Mi alzai lentamente, poi presi un panno morbido dalla zona lavaggio per asciugarmi il sudore dalla faccia. Feci qualche respiro profondo per calmarmi, lasciando che il panico si calmasse. Daven poteva aiutarmi.

Poi mi resi conto: *non potevo dirlo a Daven.*

Potevano accadermi cose terribili se lo avessi detto. A me e alle mie amiche umane. Rivelarlo avrebbe significato un altro tipo di tradimento, contro me stessa e il mio destino. E contro le mie amiche. Gli zandiani sicuramente ci avrebbero isolate, forse ci avrebbero uccise, ci avrebbero mandate via se avessero saputo che avevamo dei chip. Giusto? Sarebbero stati sciocchi a non farlo. Su Ocrezia qualsiasi minaccia veniva sempre sterminata immediatamente, giusto per essere sicuri. Sicuramente gli zandiani si sarebbero comportati allo stesso modo.

Se i miei ricordi erano accurati, eravamo ben lontani dal raggio di lettura del chip. Non sapevo cos'altro stesse facendo nella mia testa, ma anche se registrava tutto ciò che vedevo e sentivo, non era possibile che lo trasmettesse a qualche ocreziano. Zandia era al sicuro anche dai nostri cervelli-spia, almeno per ora. E in questo momento, volevo saperne di più su me stessa e Daven prima di rivelare di più. Potevo davvero fidarmi di lui? O ero solo uno strumento anche per lui? Un mezzo per un fine? La mia vita poteva salvarli solo se mi uccidevo? Sarei morta in ogni caso? Avevo bisogno di tempo per capire quali erano le mie migliori opzioni. Se solo avessi potuto parlare con Flora. Quando mi avrebbe permesso Daven di contattare Flora? Quando si sarebbe fidato di me?

Quando pensavo a Daven, mi si stringeva il petto. Nascondergli queste cose anche per un breve periodo avrebbe potuto distruggere il legame provvisorio che stavamo costruendo. Ma non sapevo cosa avrebbero fatto gli zandiani con quell'informazione se gliel'avessi data. Avrebbero potuto decidere che eravamo pericolose e deportarci tutte immediatamente. E poi? Ci avrebbero rimandate dagli ocreziani? Ci avrebbero scambiate per salvarsi? Semplicemente non potevo correre questo rischio. Volevo avere una bella vita, una vita dignitosa. E sinceramente non credevo che aspettare ancora un po' avrebbe potuto nuocere a Zandia.

La rotazione del pianeta procedette lentamente, e mi spostai sporadicamente verso la tavoletta cifrata che mi aveva dato Daven che conteneva informazioni su Zandia, ologrammi sugli umani – sorprendentemente favolosi, e mi abbuffai alla vista, guardando voracemente finché non li ebbi visti tutti due volte. Non vedevo l'ora di incontrare gli umani che chiamavano questo pianeta casa, e speravo che Daven lo consentisse presto. Sentivo anche un profondo bisogno di riconnettermi con le mie amiche umane che erano state salvate insieme a me, e avevo intenzione di presentare una petizione a Daven per questo più tardi, quando lo avessi rivisto.

Se ricordavo di più del mio passato e di ciò che era conficcato nel mio cranio, sicuramente lo facevano anche le altre. Stavano mantenendo il segreto, come me? Sicuramente Flora sì: dopo tutto, era il ricordo di lei che mi implorava di stare zitta che mi era rimasto in mente. Sarebbe bastato che una di noi parlasse e poi saremmo state costrette a rivelare tutto, che fossimo pronte o meno a farlo. Ma adesso non potevo farci niente, e tormentarmi per le possibilità mi faceva solo battere il cuore, quindi guardai gli ologrammi una terza volta per distrarmi.

Dopo aver praticamente memorizzato gli ologrammi, però, guardai fuori dalla finestra e mi agitai mentre l'ansia saliva di nuovo. Strani pensieri pungolarono i margini della mia coscienza, immagini sbiadite di ocreziani e di un laboratorio, e non volevo niente di tutto ciò. Non adesso. Avevo bisogno di imparare di più su me stessa, chiaramente, soprattutto da quando avevo scelto di nascondere questa parte del mio passato a Daven. Ma in questo momento, pensavo che vivere ricordi più viscerali forse mi avrebbe distrutta, e volevo una pausa.

Chiusi gli occhi e concentrai l'energia nel centro del mio corpo, cercando di scacciare le immagini.

«Sono su Zandia adesso. Sono al sicuro» dissi ad alta voce.

A questo punto, ebbi un'improvvisa sensazione di zapping nella testa. Fu indolore ma potente e rimasi senza fiato per lo shock. Capii con assoluta certezza che il chip stava registrando o trasmettendo qualcosa. I rumori? Le mie idee? Perché avevo detto la parola Zandia?

«Fermi!» Scattai, afferrandomi le tempie e stringendole. Non cambiò nulla e, in effetti, le scariche si ripeterono, quindi strinsi le palpebre e contrassi tutti i muscoli, compresi quelli intimi su cui Daven si era impegnato così tanto, e all'improvviso i pensieri e le influenze dei chip si fermarono a metà.

Quando strinsi di nuovo la figa, l'immagine mentale svanì mentre la sensazione di formicolio mi cresceva tra le cosce.

L'avevo fatto? Avevo impedito al chip di fare qualunque cosa stesse facendo o si era fermato da solo?

Non avevo modo di dirlo, quindi strinsi di nuovo il mio nucleo inferiore perché quella sensazione era fantastica e avrei preferito di gran lunga godermelo piuttosto che soffrire di controsensi cerebrali.

Ancora una volta, i deboli tentacoli di un orgasmo imminente stuzzicarono i bordi della mia pelle.

Riprendendo fiato, feci pulsare la mia figa sperimentalmente. Il formicolio aumentò. Dolce Madre Terra, potevo regalarmi le stesse sensazioni che Daven aveva suscitato?

Corsi verso la piattaforma del sonno e mi sdraiai, le mie dita si mossero rapidamente sulla mia pelle morbida, così da poter accarezzare e strofinare il clitoride, che prendeva vita sotto le mie cure.

Ricordai l'avvertimento di Daven: non *toccare ciò che è mio*, ma non mi fermai un solo secondo. Volevo quella scarica e quel rilascio, quindi continuai ad accarezzare, imparando a regolare la pressione con la punta delle dita per far sì che la sensazione si riempisse e si gonfiasse. Contorsi i fianchi e mi spinsi verso la mano, gridando di piacere mentre costringevo l'orgasmo a raggiungere il culmine.

Quando ebbi finito, mi sdraiai ansimando sul morbido tessuto, godendomi il ronzio e il pulsare residuo nel mio corpo, e pigramente mi asciugai un rivolo di sudore dalla fronte. Stelle, avrei potuto farlo ad ogni rotazione del pianeta! Certo, non era neanche lontanamente sorprendente come quello di Daven, ma chi si sarebbe lamentato del piacere gratuito? Non questa schiava, questo era certo.

Potevo farlo di nuovo?

Pochi minuti dopo, mentre mi sistemavo i vestiti e mi sentivo sfinita nel miglior modo possibile, mi chiesi se Daven fosse stato serio o meno riguardo al suo editto, e cosa in effetti avrebbe fatto se avesse scoperto che gli avevo disobbedito. Ora che avevo avuto il piacere e le sensazioni erano svanite, la realtà di aver disobbedito a un padrone a cui tenevo incombeva nella mia mente. Mi importava di Daven. Lui mi piaceva. Volevo comportarmi bene per lui. Era solo che non avevo mai avuto questa libertà o piacere prima.

Considerai l'idea di farmi una doccia nel tubo per il lavaggio, nel caso lui potesse annusare o percepire la mia eccitazione, ma prima ancora che potessi fare un movimento, sentii un rumore alla porta.

Oh, stelle.

Daven era tornato.

CAPITOLO OTTO

Daven

Quando entrai, Sia si girò, con la mano sulla bocca. Aveva il viso arrossato e sentii immediatamente la sua eccitazione.

«Sia,» dissi con tono severo. «Ti sei toccata?» In realtà ero divertito. Adoravo il fatto che avesse scoperto la sua sessualità. Adoravo anche l'idea di punirla, perché ci avrebbe legati.

Lei scosse immediatamente la testa. «No, padrone.» Ma il crescente colore delle sue guance, così come l'inconfondibile dolce aroma dei suoi succhi sulle belle dita, mi dicevano il contrario.

La piccola umana mi aveva disobbedito, e nemmeno poche ore dopo che le avevo dato l'ordine. Non solo, ma mentiva al riguardo.

«Sia. So cosa hai fatto. Ammettilo.» La trafissi con lo sguardo.

Abbassò gli occhi e toccò la scollatura del suo caftano di seta. «Non ho fatto niente, padrone. Ho solo guardato gli ologrammi che mi hai lasciato.» Alzò gli occhi verso i miei e incrociò il mio sguardo. «Sul serio.» Potevo praticamente sentire il suo cuore battere forte. «Sì. Solo ologrammi!» Si morse il labbro. «Uhm, è bello vederti.»

Kazo. Era la piccola femmina più disonesta che avessi mai incontrato. E non era nemmeno brava. Axe aveva ragione a consigliarmi di non fidarmi di lei.

Scossi la testa, il mio divertimento si trasformò in delusione. Questa umana diceva la verità almeno su *qualcosa*? Tutti gli esseri umani erano progettati per mentire come impostazione predefinita?

Tuttavia, sotto l'irritazione, c'era una certa eccitazione. Non vedevo l'ora di punire la mia piccola responsabilità perché entrambi avevamo apprezzato molto l'ultima sessione. Forse non ci si poteva fidare di lei nemmeno per un secondo, ma a parte la sua doppiezza, c'era molto di cui divertirsi mentre era mia. Ad esempio, morivo dalla voglia di sentire la sua splendida bocca rosa avvolta attorno al mio cazzo.

«Sia» dissi in tono aspro. «Se hai intenzione di usare quella bella bocca per mentire, tanto vale insegnarti come usarla per espiare i tuoi peccati. Proprio adesso.»

Spalancò gli occhi. «Padrone?» Apparentemente non capiva quello che intendevo.

Bene, non sarebbe rimasta confusa a lungo. Non ci voleva molto tempo per spiegare come succhiare un cazzo. E *kazo*, mi sarei assicurato che diventasse un'esperta.

«Ah, tesoro, vedo che non sei sicura di cosa intendo.» Mi avvicinai.

Indietreggiò. «Daven, io...» Sbatté le palpebre, allarmata.

«Ma lo farai.» Mi allungai e la presi.

Strillò ma si sciolse tra le mie braccia quando la attirai contro il mio corpo. Ero sicuro che potesse sentire quanto ero duro per lei. *Kazo*, ma questa femminuccia fastidiosa mi faceva eccitare come nessun'altra.

Ora che mi stava addosso in questo modo, dimenticai

tutta la mia sfiducia. Come potevo continuare a tenere il punto quando la lussuria mi invadeva?

Abbassai una mano e pizzicai un capezzolo attraverso il tessuto sottile del suo vestito. Le copriva a malapena il corpo e la sua pelle si indurì sotto le mie dita. Mentre le stuzzicavo il picco irrigidito, piagnucolò e mi avvolse le braccia intorno alla vita, toccandomi la schiena, poi il sedere. Carino. Mi piaceva il fatto che fosse abbastanza audace da esplorare il mio corpo e avevo intenzione di lasciarle fare molto di più, anche se prima avevamo qualcosa da realizzare.

«Sia, quando mi menti, ci sono precise ripercussioni» la avvertii, dando un colpetto al capezzolo, godendomi il modo in cui il mio tocco la faceva dimenare ed emettere piccoli sussulti. Si eccitava già grazie alle mie mani sul suo seno. Non vedevo l'ora di vedere quanto in alto avrei potuto portarla con tutto il mio talento.

«Ma non l'ho fatto.» La sua protesta era debole.

In risposta, ringhiai e afferrai il tessuto del vestito con entrambe le mani e glielo strappai con uno strattone soddisfacente che echeggiò nella stanza.

Gridò e cercò di coprirsi, forse intimidita per l'improvvisa e inaspettata nudità, ma io la afferrai per le braccia.

«No. Fammi vedere. Sei mia, Sia. Giù le mani.»

Spinsi delicatamente finché le sue mani non furono lungo i fianchi e fissai l'adorabile figura.

Le passai un dito attorno al capezzolo, lungo il lato del seno, e lentamente mi feci strada fino all'apice delle cosce.

«Daven» sussurrò, chiudendo gli occhi.

Le toccai il clitoride solo una volta e sentii quanto era eccitata. *Kazo*, ero convinto che sarebbe esplosa se l'avessi toccata ancora una volta. Ma non lo accettavo, non ancora. Sia si sarebbe impegnata per il suo piacere durante la rotazione del pianeta. *Di brutto.*

«In ginocchio, tesoro» ringhiai, appoggiandomi al bordo

della piattaforma per dormire. Poi rivalutai la cosa: ero troppo alto per quell'angolazione e volevo godermela più pienamente.

«Cambio di programma.» La afferrai e ci feci rotolare entrambi sul morbido materasso. Mi appoggiai contro una pila di cuscini e me la sistemai tra le cosce.

«Ti era stato detto di aspettare per il tuo piacere» mormorai, accarezzandole i capelli. I suoi occhi erano grandi e luminosi e si leccò le labbra mentre mi guardava il cazzo. *Kazo,* pensavo che sapesse cosa volevo e sembrava addirittura che le piacesse l'idea.

«Quindi ora sarai costretta ad aspettare. Tre volte, Sia. Mi darai piacere tre volte prima di venire una volta. La prima volta sarà con la tua bocca.»

«Ma non so come...» Si interruppe, aveva lo sguardo nervoso mentre guardava le mie dimensioni. A dire il vero, ero grosso, anche per uno zandiano.

«Imparerai.» Le toccai leggermente la guancia. La sua bocca sarebbe stata così stretta sul mio cazzo che non vedevo l'ora di provarla. «La seconda volta sarà sulle tette e la terza volta nel culo.»

«Aspetta.» Spalancò gli occhi. «Lo farai... tre volte? Prima che possa farlo io?»

Sembrava sgomenta, il che mi divertiva. Era davvero così infatuata dell'orgasmo adesso? Lo adoravo.

«Ma...Daven, non credevo di poter aspettare così a lungo. Per quanto durerà?» Deglutì. «Ne ho già bisogno, tipo... adesso.»

Risi. «Non ne sono sicuro, Sia. Forse avresti dovuto pensarci prima di lasciare che quelle mani vagassero durante la rotazione del pianeta. Presi una delle sue mani sottili, così delicate, e ne baciai la punta delle dita. Succhiai l'indice. «E se ricordo bene, durante la rotazione dell'altro pianeta, sembravi molto ansiosa di ricambiare il favore dopo che ti ho leccato la figa e ti ho mandato in un orgasmo urlante. Adesso è la tua occasione.»

Lei sussultò e sentii l'odore della sua figa che reagiva. Era così reattiva. Bene. Volevo che fosse eccitata per tutto il tempo che mi serviva: dopo tutto, qualsiasi punizione sessuale doveva essere tanto sessuale quanto disciplinare.

«Noi zandiani ci ricarichiamo velocemente» le dissi, pensando di rassicurarla almeno un po'. «Ma non ti renderò le cose facili.» Alzai un sopracciglio. «Dopo tutto, sei stata palesemente disobbediente.»

«E se io...» inclinò la testa «Se io...» Aveva i capezzoli tesi, le cosce tese.

«Se vieni prima che io lo permetta?» Scossi la testa. «Allora ricominciamo dal mio conteggio. Credimi, vorrai resistere, tesoro.»

* * *

Sia

«Iniziamo.» Gli occhi marrone-viola di Daven erano diventati viola e le antenne sulla testa erano rigide e spesse, proprio come il suo cazzo.

Cercai di afferrare la sua virilità, ma lui scosse leggermente la testa. «Senza mani. Solo con la bocca.»

«Sì padrone.»

Mi chinai in avanti, timidamente, inumidendomi le labbra prima di aprirle.

La cappella di Daven brillava di un'essenza iridescente, arcobaleno, e tirai fuori la lingua per assaggiarla. Restai senza fiato per il gusto. Salato e dolce. In qualche modo influì sul mio corpo, facendomi quasi girare la testa.

La sua rigida mascolinità si contrasse, barcollando in

direzione della sua testa, costringendomi a inseguirlo con la bocca. La presi tra le labbra e quella si sollevò in avanti, immergendosi completamente nella mia bocca.

Feci ruotare la lingua attorno al bordo, tracciandone i contorni. Il cazzo era grosso, quasi troppo largo per entrarmi comodamente in bocca, ma aprii la mascella per prenderlo dentro, facendolo scivolare più giù che potevo.

«*Ancora*» ordinò, quando mi tirai indietro.

Alzai lo sguardo verso il suo. Il suo tono era tagliente, ma mi accarezzò un lato della testa con la mano, quindi sapevo che non era arrabbiato.

Cercai di portarlo più dentro, toccando il fondo della mia gola. Il riflesso di un conato mi fece sobbalzare lo stomaco e mi tirai indietro. Ma tornai giù, riprovando a prenderlo in fondo alla gola, con la voglia di compiacerlo. Per guadagnarmi la sua approvazione e la mia liberazione con le sue abili mani.

«Ecco, tesoro. Fammi sentire la tua lingua» mi indicò.

Riscaldata dalle sue lodi, usai la lingua sulla parte inferiore del cazzo mentre lo portavo il più indietro possibile.

«Ora lecca intorno alla cappella.»

Obbedii, prendendomi il tempo necessario, leccando tutto intorno alla cappella, succhiando delicatamente, facendo scorrere la lingua sulla fessura umida.

«Succhiami le palle.»

Osservai la pesante sacca sotto il cazzo gonfio. Era gloriosa. La pelle viola era più spessa lì e increspata. Abbassai la testa per mettere la bocca su una porzione delle sue palle e risucchiai le labbra per attirarmi una delle sue palle in bocca.

Gemette.

Continuai dolcemente, succhiando la palla e rilasciandola, poi leccandola tutt'intorno. Applicai lo stesso trattamento all'altra palla, poi tracciai una lunga linea con la lingua, dalla base delle palle alla cappella.

«Brava ragazza.»

Le sue lodi mi caddero su testa e spalle come calde scintille, rendendomi calda ed eccitata. Leccai tutta la sua mascolinità come se la stessi dipingendo con amore. Leccai delicatamente e velocemente. E poi più lentamente e in modo deciso. Soffiai e leccai dalle palle al cazzo e viceversa, assicurandomi che ogni centimetro di lui si sentisse adorato.

Non avevo mai avuto prima un padrone che *volessi* accontentare. Avevo sempre obbedito per paura. Questo era diverso. Desideravo che Daven fosse soddisfatto con me. Volevo che sapesse che stavo facendo del mio meglio anche se non sapevo cosa stessi facendo. Desideravo il suo piacere.

Quindi lo studiai, ascoltando le sue reazioni a ogni mossa che facevo, facendo del mio meglio per accontentarlo.

La prossima volta che mi infilai la sua asta in gola, mi afferrò dietro la testa e mi guidò su e giù, controllando i miei movimenti. Lo seguii volentieri, esaltando il suo respiro trattenuto, il modo in cui i suoi movimenti diventavano ruvidi e a scatti. Strinse le dita tra i miei capelli, tirandoli, e mi tirò via mentre flussi della sua essenza gli sgorgavano dal cazzo, spruzzando arcobaleni sul mio seno.

Lo toccai, affascinato dalla bellissima essenza, ma Daven scattò: «Non toccarlo.»

Alzai lo sguardo sorpresa.

Curvò le labbra. «Ne ho bisogno proprio lì per la tua prossima scopata.»

Oh. Il mio corpo vibrava, la figa era bagnata per lui.

Scese dalla piattaforma del sonno.

«Questa vale come una volta, piccola umana.» Il suo sorriso era sexy. «È andata molto bene.»

«Grazie padrone.» Ero assurdamente compiaciuta della sua approvazione. Leccai via la sborra dalle mie labbra e sorrisi di rimando. Aveva un buon sapore: fresco, leggero. Non mi dispiaceva affatto la sua essenza.

La sua mano era calda sulla mia coscia. Era in momenti come questi che sentivo che ci stavamo connettendo a un livello più profondo, quasi il tipo di emozione che sarebbe potuta durare per sempre. Naturalmente partivamo da basi false a causa delle mie continue bugie. Mi morsi il labbro mentre il senso di colpa mi assaliva.

«Qualcosa non va?» Sempre percettivo, mi toccò il viso.

«No.» Forzai un sorriso, non ci volle molto, perché in fondo ero felice qui con lui. «Sto solo aspettando il mio turno.» Gli rivolsi un finto broncio e finsi di colpirlo al braccio. «Sei cattivo.» In verità, aspettare il mio rilascio era emozionante perché ero ansiosa e desiderosa di scoprire cosa avrebbe fatto dopo.

Lui rise, un suono ricco, e mi attirò a sé. «Bene, andiamo...» Si interruppe quando il suo dispositivo di comunicazione emise un segnale acustico periodico. «*Kazo*, devo rispondere.» Sembrava deluso mentre si alzava e accendeva il dispositivo. «Daven qui. Sì, Maestro Seke.»

Si stiracchiò pigramente mentre parlava al dispositivo, ed ero estasiata dai suoi muscoli potenti e dalla sua figura snella, tutta forza e fluidità.

Mise giù il dispositivo e afferrò i suoi vestiti. «Sia, mi dispiace, ma devo andare. Continueremo così...» alzò le sopracciglia «più tardi. Devo andare a incontrare il maestro d'armi.»

«Posso venire?» Le parole mi vennero fuori prima che potessi pensarci due volte. Ero sorpresa dalla mia stessa audacia. Il mio comportamento rischioso con Daven era totalmente nuovo. Mi stavo chiaramente godendo la libertà ritrovata. «Mi piacerebbe davvero andare da qualche parte.»

Aggrottò la fronte, forse discutendo tra sé e sé se fosse una buona idea o meno, ma forse il recente orgasmo aveva addolcito il suo umore perché mi guardò e disse: «Puoi venire.»

«Va bene! Grande! Ma...» Abbassai lo sguardo sul mio petto e sul vortice arcobaleno della sua essenza. «Io come...Daven?»

Alzò un sopracciglio. «Lascialo lì. L'abito lo coprirà.»

«Ma gli zandiani non saranno in grado di dire che noi...» Mi sentii avvampare il viso.

«Forse.» Incrociò le braccia. «E non mi importa se sanno come ti possiedo, mia graziosa umana.»

Alla mia espressione, sorrise. «Voglio il mio sperma sul tuo bel seno, Sia, in attesa di proseguire. Per ricordarti che sono il tuo padrone. Nessun altro essere lo vedrà effettivamente, ma io saprò che è lì. Ti solleticherà un po' mentre si asciuga, e ti ricorderai cosa ho fatto. E cosa verrà dopo.»

«Sì, Daven,» sussurrai, mentre l'eccitazione cresceva e cancellava quasi il mio desiderio di vedere il mondo esterno. Ma era chiaro che le nostre attività in camera da letto erano state interrotte, quindi mi alzai sulle ginocchia deboli e presi il vestito per indossarlo. «Grazie!»

Dal rigonfiamento dei suoi pantaloni capii che anche lui avrebbe preferito restare qui, ma riprese subito il controllo e mi prese la mano. «Faremo una breve passeggiata al Centro di Comando. Resta al mio fianco e non parlare con nessuno a meno che non ti autorizzi.»

«Sì padrone.» C'era irritazione nella mia voce e la cosa mi sorprese: quanto vacillavo velocemente tra la totale gratitudine per le mie circostanze e il bisogno di maggiore autonomia!

Mi diede uno schiaffo sul sedere una volta, non alla leggera. «Impara a comportarti bene e a dirmi la verità, e guadagnerai più libertà. Ricorda che ogni azione ha un costo o una ricompensa.»

Non risposi, ma le sue parole penetrarono nella mia psiche. Gli credevo assolutamente. Era solo che trovare le azioni giuste era come camminare su un campo minato.

La giornata era luminosa, c'era una brezza ed era esaltante uscire come una normale cittadina. Avevo la sensazione che degli esseri mi stessero fissando, però, e mi feci piccola al fianco di Daven. «Stanno guardando noi?» Uno zandiano si girò a guardarlo con un'espressione penetrante, poi distolse lo sguardo quando Daven emise un piccolo ringhio.

Lui annuì. «Beh, sono curiosi. Tutti sanno che qui sei nuova.»

«Cos'altro sanno di me? Di noi?»

«Non tanto.» Il suo tono era uniforme. «Sanno che mi sei stata assegnata temporaneamente e che verrai riassegnata in seguito. Quindi alcuni maschi probabilmente saranno curiosi su di te. Come quello.»

«Oh.» Tutti i miei buoni sentimenti svanirono. Non volevo essere riassegnata in seguito. In effetti, l'idea mi trafiggeva il petto con un giavellotto. Volevo essere accoppiata con Daven, come le umane che avevo visto negli ologrammi che mi aveva lasciato guardare. Volevo avere dei figli con lui. «Capisco.»

«Ma non sarà così per un po'» aggiunse. «Quindi non preoccuparti, Sia.» La sua voce era aspra e non mi guardava anche se la sua mano stringeva la mia. «Per ora sei mia, è chiaro? Lui non ti toccherà. Nessun essere lo farà.»

«Sì, padrone.» Ricordai a me stessa che non importava quanto mi piacesse la sua compagnia, non aveva assolutamente intenzione di tenermi una volta che mi fossi prosciugata il cervello per lui. E dovevo essere pronta, perché lui mi avrebbe abbandonata. «È chiaro.» Potevo anche aver avuto assaggi di libertà, ma ero ancora una schiava. Non avevo il controllo del mio futuro, non importava quanta essenza arcobaleno sperimentavo con Daven. Forse era diverso per gli zandiani, non era così personale. Non sapevo se avrei potuto sentirmi così per un altro zandiano.

Oltrepassammo alcuni edifici a cupola lungo una piazza

dalla forma intricata e Daven mi guidò fino a quello centrale in un gruppo di tre. La cupola qui era lucida, dorata e rifletteva la luce del sole nei miei occhi. «Fantastico.» Indicai l'arredamento in alto. «Sembrano gioielli.»

Ridacchiò. «Credo di sì. Gli zandiani traggono una grande ricchezza dai nostri cristalli e ci piace che le nostre case riflettano il nostro apprezzamento per la geometria e l'armonia.»

Appoggiò il dispositivo da polso su un blocco sul muro fuori dall'ingresso; una luce divenne verde e la porta si aprì.

«Daven. Benvenuto. Vedo che hai portato Sia.» Ci accolse un guerriero più anziano e imponente. «Accomodatevi.» Indicò un gruppo di sedili bassi. «Sono felice che anche lei sia qui perché in realtà abbiamo alcune domande che avremmo posto tramite il dottor Daneth e le sessioni di memoria.»

Mi irrigidii immediatamente. «Domande?»

Alzò una mano. «Sto parlando con il tuo padrone. Aspetta qui, per favore.»

Non era proprio una richiesta, però, e rimasi lì da sola a guardarli parlare dall'altra parte della stanza, con i loro grandi stivali che si muovevano sul pavimento lucidissimo. Mentre li guardavo, la pelle del mio petto iniziò a formicolare. Alzai una mano e poi la abbassai, con la faccia in fiamme mentre ricordavo le parole di Daven: *ti solleticherà un po' mentre si asciuga.* Il solletico si intensificò e poi iniziai a sentire il bisogno tra le cosce. Dolce Madre Terra, come facevo a essere così eccitata solo pensando a Daven?

Le loro voci erano basse e non riuscivo a distinguere le parole, ma mentre si avvicinavano a me, colsi dei frammenti: *«...karran alla ricerca di...»* e *«...tutto ha iniziato a crescere nel momento in cui hai riportato indietro quelle schiave di quel pianeta.»* Mi girò la testa e mi irrigidii, ma per fortuna la sensazione svanì.

Dopo un momento, Daven ritornò. «Sia, questo è il Maestro Seke. Ti chiederà qualcosa.»

«Sì.» Alzai gli occhi. «Farò del mio meglio per aiutare.»

«Per prima cosa, benvenuta di nuovo in questa cupola, apprezziamo il tuo aiuto.»

Abbassai la testa. «Con cosa?»

«Fai del tuo meglio per registrare i tuoi ricordi. Abbiamo dato le formule che hai ricordato al dottor Daneth, ed è rimasto piuttosto stupito. Ha detto che le formule hanno scientificamente senso e che sintetizzerà alcuni dei composti da provare. È senza precedenti che tu possa ricordare le cose in modo così preciso.»

«Semplicemente... mi è rimasta impressa nel cervello.» Ma ero felice oltre ogni immaginazione che trovassero utili le mie informazioni. Pur essendo anche nervosa: sembravano tutti molto preoccupati dal fatto che io potessi ricordare qualcosa di così preciso. Alla fine, avrebbero voluto sapere come e perché, come facessi. E come avevo già capito, c'era qualcosa che non andava nel mio cervello e aveva a che fare con qualche chip. Cosa sarebbe accaduto quando anche gli zandiani lo avessero scoperto?

«Bene, passiamo ad alcune delle altre questioni. Sia, c'erano altre tre schiave con te, altre umane. Tutte voi avete delle cicatrici sulla testa e, in quella zona, le cicatrici sono solitamente il risultato di un intervento chirurgico al cervello. Me ne puoi parlare?»

«Spalancai gli occhi. «Ehm. Hanno eseguito degli interventi chirurgici. Per migliorarci.» Madre Terra, *lo stavano già chiedendo!*

«Come?» Il suo sguardo era acuto.

«Non lo so. Non ci hanno detto i dettagli.»

«Eri parte di qualcosa che hai detto a Daven si chiamava...» Guardò il suo dispositivo olografico anche se ero sicuro che non avesse bisogno di un ripasso. Sembrava piuttosto intelligente. «Progetto Alpha.»

Annuii, con i nervi in fiamme. Poteva dire che stavo mentendo. Ne ero sicura. «Sì, è così che ci chiamavano.»

Si girò verso Daven. «Le scansioni effettuate dal dottor Daneth non hanno trovato prove di impianti. Ma il medico ha indicato che potrebbero esserci nuove tecniche per la chirurgia cerebrale che utilizzano materiali che si allineano più strettamente con i tessuti umani, rendendo i chip quasi invisibili alla nostra tecnologia attuale.»

«Sia. Ti hanno mai detto apertamente che avrebbero impiantato qualcosa?» Daven mi guardò.

Feci appello a tutto il mio coraggio e mentii. «Non ho alcun ricordo di questa cosa. No.»

I due guerrieri si scambiarono uno sguardo che avrebbe potuto significare qualsiasi cosa.

«Sei sicura?» Il maestro Seke alzò un sopracciglio. «Puoi dircelo, Sia. Proprio come hai condiviso le informazioni sul laboratorio e sulla formula.»

«Mi fido di voi. Ma no» il mio tono era affrettato e acuto, «non hanno mai parlato di un impianto.»

«Va bene.» Entrambi mi guardarono. I loro volti erano cupi e Daven era ovviamente deluso. Mi faceva male il cuore e quasi gli dissi la verità. Ma mi trattenni. Non ancora.

Seke si rivolse a Daven. «Oh, e Drayk ha detto di ricordarti che i tecnici hanno captato molte conversazioni interstellari, e l'unica cosa che ha risaltato è stata questa: il pianeta Larew.»

Mentre parlava, il mio cervello ronzò di nuovo, quella strana sensazione. E questa volta non si fermò.

Seke continuò: «È associato al Progetto Alpha. Oltre a ciò, non sappiamo molto. Vedi se riesci a convincere i tecnici a perfezionare le loro ricerche utilizzando i parametri migliori.»

Madre Terra, non potevo lasciare che la mia testa registrasse questo tipo di conversazioni! Dovevo fermare il mio chip. Anche se ero fuori portata, non mi piaceva l'idea che qualcosa venisse immagazzinato dentro di me senza il mio controllo o permesso. Perché un giorno, in una rotazione del pianeta a cui non volevo pensare, cosa sarebbe successo se qualche essere fosse venuto a recuperare me e le mie informazioni registrate?

Strinsi forte il mio nucleo e mi costrinsi a pensare al piacere. Solo piacere. Il corpo di Daven e il mio insieme. Se ero riuscita a far fermare il chip cerebrale prima, nel domicilio di Daven, sarei sicuramente riuscita a farlo accadere di nuovo.

Tutto il mio corpo resistette, e ci fu un improvviso lampo di dolore, poi la mia testa si rilassò e il ronzio smise. L'avevo fatto smettere! Ero orgogliosa in modo ridicolo ma anche improvvisamente esausta, e cercai di afferrarmi al nulla e mi accasciai, sbattendo le palpebre.

«Sia?» Daven si librò sopra di me in un lampo. «Stai sudando. Cosa c'è che non va?»

«Niente.» Quando si avvicinò, poco convinto, aggiunsi: «Io, ehm, ho avuto un altro flash di memoria.» Recuperai qualcosa da condividere. «Si tratta del Progetto Alpha. Hanno detto che prima o poi avrebbero voluto controllarci. Non so come, però. Ma gli interventi chirurgici servivano a renderci più conformi.»

Speravo di poter fornire loro frammenti di informazioni importanti per poi dargli le parti mancanti presto. Molto presto.

«Bene, ok.» Daven mi toccò il viso. «Bel lavoro, Sia. So quanto sia difficile per te parlarne.»

«È solo che ci minacciavano sempre se ne parlavamo, Daven.» Mi sentivo fluttuare in questo momento e stavo rivelando più di quanto probabilmente avrei dovuto.

«Potrebbero ucciderci, lo sai. Hanno ucciso una schiava solo per averci detto ciò che sarebbe potuto accadere.» Tremai. «Quindi sono nervosa.»

«Come hanno fatto?» La sua voce era dolce, gentile.

«L'hanno… fritta. Il fumo le usciva dai piedi. Elettricità di qualche tipo.» Non era falso, e in questo momento le mie inibizioni erano bassissime. «Era così dolce. Non se lo meritava.» Iniziarono le lacrime. «Nessuna di noi lo merita.»

Daven mi accarezzò i capelli. «Shh, lo so. Sei al sicuro qui. Dimmi di più sul laboratorio. Sulla chirurgia.»

Vidi l'altro, il Maestro Seke, che ascoltava con un'espressione severa. Ma non mi interessava. Permisi ad alcuni ricordi minori di riaffiorare. Meritava di sapere un po' di verità, e almeno potevo dargli qualcosa, anche se non parlavo del chip e di quello che pensavo potesse fare. «Alcune di noi sarebbero dovute diventare più intelligenti e più brave nelle analisi di laboratorio. Più veloci. Altre dovevano essere più potenti, muscoli e tendini migliori. Riflessi. Stavano appena iniziando con noi. Nuova tecnologia, dicevano, soprattutto per me. Sarebbe stata una nuova generazione di esseri umani in grado di servirli meglio che mai, soprattutto se ci avessero dislocate.»

«Dislocate?» La voce di Seke era tagliente. «Come e dove?»

Mi si annebbiò la vista, una nebbia rosata, come se stessi guardando le cose attraverso un sogno. Il chip ronzò di nuovo e strinsi tutto il corpo e mi concentrai per farlo fermare, se potevo. Era possibile che il chip potesse avvisare i padroni ocreziani che lo stavo sovrascrivendo?

«In altri posti, immagino.» La mia voce era sognante perché ero come distratta, mentre le cose in testa si fermavano. Ancora una volta, ce l'avevo fatta! «Hanno detto fuori dal pianeta. Ma non era ancora il momento, non per noi. Avremmo dovuto essere nel lotto successivo perché noi, quelle di prova, eravamo un po' inferiori, non ancora abbastanza forti. Non adatte per l'operazione. Continuavamo a morire quando hanno provato a recuperare...» oops. Era qualcosa che non avrei dovuto rivelare? Troppo tardi adesso! Mi fece male la testa all'improvviso.

Sbattei le palpebre. «Sono così stanca. Daven?» Mi rivolsi a lui. «Non posso più farlo. Mi fa male la testa.»

«Recuperare cosa, Sia?» chiese Daven.

Ma non potevo rispondere. Feci semplicemente un cenno con la mano.

«Va tutto bene» disse a bassa voce. «Ti porto a casa.» Daven si alzò. «Torneremo. E Maestro Seke, mi metterò a lavorare sulle cose che hai menzionato. E continuerò...» mi indicò con un gesto. «Questo. Quello che ha detto.»

«Fai in modo di farlo.» La voce di Seke era ferma. «Una delle altre ha detto qualcosa di simile. Flora. Invierò il file al tuo dispositivo, un ologramma delle conversazioni.»

Si salutarono con un inchino cerimoniale, e poi tornammo sul sentiero, dove guerrieri più belli mi fissavano. Uno di loro sorrise e fece per avvicinarsi.

«*Kazo*» imprecò Daven. «Sono come avvoltoi.» Mi avvicinai al suo fianco e mi avvolse con un braccio. «Stammi vicino.» Mi portò lontano dal suo compagno guerriero, che alzò le spalle e se ne andò.

E anche se sapevo di aver fatto una brutta cosa mentendo proprio adesso, mi sentivo ancora al caldo e al sicuro nella sua presa. Come se non volessi mai andarmene. E il bisogno nel mio corpo stava crescendo. *Kazo*, come diceva Daven.

CAPITOLO NOVE

Daven

Sospettavo che Sia avesse mentito di nuovo. Naturalmente, aveva aggiunto qualche verità per buona misura, ma si era trattenuta quando aveva parlato dell'impianto. Non avevo idea se avesse effettivamente un impianto o credesse di averlo o cosa ne sapesse. Sapevo che le cicatrici corrispondenti sulle teste di più esseri umani non si verificavano per caso, quindi c'era stato chiaramente un intervento chirurgico al cervello eseguito dai loro precedenti proprietari. Se gli ocreziani stavano progettando di controllarla – e quella parte sembrava vera – quale modo migliore ci sarebbe stato di un chip, anche se il dottor Daneth non era riuscito a trovarne alcuna prova? Perché non ci raccontava tutto? Perché persisteva nel convincermi sempre di più che lei era il tipo di essere umano che nessun zandiano avrebbe mai potuto fidarsi di prenderla come compagna? O forse addirittura di farla rimanere sul pianeta?

Naturalmente, gli esperti tecnici del dottore affermavano che non c'erano prove di alcuna trasmissione proveniente da o verso le umane, quindi se avessero avuto dei chip impiantati, sarebbe stato un mistero cosa avrebbero dovuto fare o cosa potrebbero aver fatto sui loro corpi sul loro pianeta natale. Perché non poteva semplicemente dirmi quello che sapeva? Perché non poteva fidarsi di me?

D'altra parte, aveva incentivi sufficienti per dire la verità, qualunque essa fosse? Avrei potuto fare di più per attirarla? Non avrei fatto ricorso alla tortura: era contrario al nostro codice etico su Zandia, e comunque non mi sarebbe andato bene.

Forse avevo solo bisogno di aumentare il livello dei test e delle punizioni sessuali. Sembrava rispondere a questo più di ogni altra cosa. Dopotutto, l'unica volta in cui aveva scavato davvero in profondità con onestà era stato dopo un episodio sessuale.

«Sia» le dissi, «stiamo per dare inizio al secondo round. E mi racconterai alcune cose sulle tue esperienze con il tuo precedente padrone.»

«Secondo round?» Le si allargarono le pupille e deglutì. Si eccitò solo a pensarci.

«Giusto.» La guardai mentre mi toglievo gli stivali e li riponevo vicino alla porta. «Sicuramente ricorderai di cosa abbiamo parlato.»

Lei arrossì. «Ehm.» Tirò l'orlo del vestito.

Mi tolsi la maglietta. Il suo sguardo si fissò sul mio petto.

«Se ti piace quello che vedi» gettai la maglietta di lato, «dovresti iniziare a parlare, Sia. Ti avevo detto che sarei venuto tre volte prima di te. Dov'era la seconda volta?» Mi avvicinai a lei con intenzioni oscure.

«Non ne sono sicura.» Si allontanò da me.

Ne era sicura eccome. Era semplicemente imbarazzata.

«Sia.» Assunsi un tono severo. «Devo già sculacciarti?»

«No!» Deglutì. «La seconda volta... hai detto...» Abbassò la voce e guardò il pavimento. «Il mio seno.»

«Le tue tette» la corressi. Ero abbastanza vicino da

toccarla, quindi lo feci: allungai la mano e pizzicai un capezzolo teso attraverso il suo vestito.

«Oh.» Inspirò, come se ondeggiasse, chiudendo gli occhi. «Daven.»

Risi. «Dolce piccola cosa. Dillo.»

«Le mie tette.» Riuscì a malapena a sussurrarlo.

Era emozionante oltre ogni immaginazione vederla così timida, sapendo che sarei stato io a insegnarle a superare quelle inibizioni.

«E qual era il numero tre?»

La attirai contro al mio corpo e la accarezzai dolcemente, stuzzicando il suo corpo, e lei si contorse contro di me.

«Io... il mio culo.»

Ringhiai. «Potrei avere in mente di saltare avanti, quindi assicuriamoci che tu sia pronta per me. Togliamo questo per iniziare.» Le tolsi il vestito dalle spalle, esponendo quei seni succulenti, e continuai così finché non rimase con nient'altro che un paio di mutandine sottilissime. «Bellissima.»

La presi in braccio e la misi sulla piattaforma per dormire. «Ginocchia su, piccola umana. Piedi appoggiati sulla copertina. Sì Così.»

Obbedì, guardandomi in cerca di approvazione.

«Ora mostrami come ti sei toccata prima. Quando eri sola.»

«Daven, non posso!» Cercò di sedersi.

«No, torna in posizione.» Con delicatezza ma con fermezza le spinsi indietro le spalle finché non si sdraiò, ancora una volta. «Sono il padrone, Sia, e questo è un ordine. Naturalmente possiamo utilizzare la cinghia come incentivo.»

Presi la morbida cinghia che avevo usato prima. «Lo facciamo?»

«No, io...»

Prima che potesse finire la frase, la girai e me la tirai sulle ginocchia. «Cominciamo con dieci perché hai esitato. La prossima volta saranno quindici.» Alzai la mano e abbassai saldamente la cinghia su entrambe le natiche.

Strillò e si dimenò.

«Puoi fare di meglio» la rimproverai, sculacciandola di nuovo. «Il tuo compito è restare ferma e accettare la tua punizione. E di' *grazie, padrone*.»

La sculacciai di nuovo.

«Grazie padrone!» riuscì a dire mentre sculacciavo ancora e ancora.

Arrivati a dieci, il suo culo era di un bel rosa brillante; le mutandine sottili non facevano nulla per proteggere la sua pelle morbida.

Gemette piano e io le lanciai la cinghia accanto e le strofinai le natiche per lenire il bruciore.

«Solo un piccolo promemoria» sussurrai, mettendole una mano sul collo. «Di quello che succede alle piccole umane cattive.»

«Mi dispiace, padrone», sussurrò, sollevando i fianchi verso la mia mano. «Ti prego, perdonami.»

Kazo, ma l'avevo già fatto! Il mio cazzo era rigido, pulsava dal bisogno di prendere quel bellissimo corpicino.

«Allora mostrami quanto sei dispiaciuta» suggerii. «Capovolgiti, allarga le gambe e toccati come ti ho chiesto.»

Esitò per una frazione di secondo, ma poi fece come le era stato detto. Le sue dita si mossero timidamente mentre spostava da parte il tessuto delle mutandine e faceva scivolare la mano sotto. All'inizio non si mosse: lasciò semplicemente la sua piccola mano sopra la figa.

Alla fine, cominciò a strofinare dolcemente. Le sue cosce erano rigide, però: era nervosa.

«Va tutto bene, Sia.» Le feci scorrere le mani sulle spalle e poi mi avvicinai, così da poter giocare con i suoi capezzoli. «Fai ciò che ti fa sentire bene. Fammi vedere.»

Non potevo aspettare, *kazo*, tutto quello che volevo fare era infilare il cazzo nella sua piccola figa stretta, ma era incredibile stuzzicarla in questo modo e prolungare la suspense per entrambi.

Alla fine, raggiunse il clitoride con l'indice e si massaggiò. Un piccolo gemito le sfuggì dalle labbra e lei si irrigidì di nuovo.

«Continua» mormorai, dando un colpetto a un capezzolo.

«Daven» sussurrò. Considerai l'idea di ordinarle di guardarmi, ma avrebbe potuto essere troppo per lei in questo momento.

Per alcuni minuti, l'unico suono nella stanza fu il suo respiro mischiato al mio, entrambi i nostri respiri diventarono più affannosi, mentre lei si strofinava le labbra e il clitoride. All'inizio era gentile, tenera. Ma ben presto iniziò ad alzare i fianchi contro la mano e a emettere piccoli versi sospirati come se volesse venire.

«È abbastanza.» La mia voce risuonò, sorprendendo Sia, e lei sussultò, con le dita ancora tra le gambe.

«Adesso tocca a me giocare. Togli le mutandine.» Sfiorai l'orlo del tessuto umido.

Obbedì, dimenando il corpo per abbassarle, poi me le porse.

«Forse dovrei imbavagliarti con queste» suggerii, sorridendo mentre lei emetteva un verso allarmato. «Ma non questa volta. Voglio sentire ogni *kazo* di verso che fai, Sia. E mi aspetto che sarai molto esplicita quando scoperò il tuo bel culetto.»

«Ma io pensavo...»

«Ho detto che sarei passato avanti.»

«Quindi non vuoi... le mie tette?» Sembrava confusa, nervosa ed eccitata allo stesso tempo.

«Beh, Sia, forse stringerò insieme le tue belle tette e me le strizzerò attorno al mio cazzo, scopandole per un po' prima.» Mi misi a cavalcioni del suo corpo, mettendomi in posizione. «Tienile tu. Sì, piccola umana, così, proprio così.»

La aiutai a trovare l'angolazione giusta, poi infilai il mio cazzo in mezzo. «Mi manca una cosa.»

Mi abbassai e feci scorrere le dita lungo la sua figa, per inumidirle tutte. Era così bagnata!

Le strofinai la sua stessa eccitazione sul seno, ripetendo l'azione finché non ci fu molta lubrificazione. «Molto meglio,» dissi. «*Kazo*, Sia, è bellissimo.» Grugnii e spinsi ancora, godendomi la sensazione della sua pelle delicata e del suo corpo sodo. Piagnucolò e mosse i fianchi insieme ai miei, come se facesse sentire bene anche lei. Come se la sua figa fosse troppo vuota. Sentii che la sua eccitazione diventava più forte.

Per un attimo pensai di lasciarla venire, ma decisi che avrei aspettato. Dopotutto era cattiva, e questa non era certo la punizione peggiore che un essere umano potesse ricevere.

«Stavo già per prenderti per il culo, ma è così bello, finirò qui» ringhiai. «Dimmi che sei mia, Sia. *Dillo*.»

«Daven, sono tua.» La sua voce dolce e sussurrata arrivò dritta al mio cazzo.

«Ancora.» Spinsi più forte. «*Kazo*, Sia, sto per venire.»

«Daven, sono tua.» Si contorse sotto di me. «Ti prego…»

Sapevo cosa voleva, ma questo momento, questo momento era per me. Gridai e lasciai che la sensazione esplodesse, l'orgasmo illuminò il mio corpo dai piedi alle antenne. Rilasciai altro sperma color arcobaleno sul suo corpo.

«Allarga le gambe» ordinai e riuscii ad afferrare il mio cazzo ancora duro e premerlo contro il clitoride. «Solo un piccolo assaggio di quello che riceverai più tardi» le dissi, lasciando che la mia ultima esplosione di sperma le decorasse la bella figa.

«Daven!» Mi si avvicinò.

Le presi le mani, le tenni insieme e le baciai la bocca una volta, forte, prima di rotolarmi. «Più tardi per te, piccola umana.» Respirai affannosamente, godendomi semplicemente le sensazioni, mentre lei si rannicchiava contro di me e appoggiava la testa sulla mia spalla.

* * *

Sia

Ero in fiamme e avevo bisogno del suo tocco. Disperatamente.

Ma lui giaceva accanto a me, respirava, la mano mi accarezzava pigramente il fianco, e sembrava non avere alcuna voglia di toccarmi dove lo desideravo così tanto.

«Ti prego?» Gli sussurrai contro il collo, leccandogli la pelle. Era un po' salato, ma adoravo la sua essenza.

«Oh, vuoi qualcosa?» disse con tono sexy. «Vediamo.»

Si abbassò e, grazie alle stelle, finalmente mi strofinò le dita sulla figa. Il suo sperma mi lubrificò ulteriormente e fece riscaldare e formicolare la mia pelle in modo allettante.

Gemetti e allargai le cosce, cercando di invogliarlo a continuare a massaggiarmi. Lasciai che le mie ginocchia si aprissero, senza timidezza o imbarazzo. Volevo solo che continuasse a toccarmi.

«Faremo un gioco.» Fermò le dita.

«Un gioco?» Mi spinsi contro la sua mano, cercando invano di fare più attrito. Sentii l'odore della mia e della sua eccitazione, e questo mi rese solo più bisognosa.

«Giusto. Ogni volta che mi dici qualcosa di vero tratto dai tuoi ricordi, ottieni... questo.» Mi infilò un dito dentro e lo fece roteare.

Gridai di gioia perché era quasi nel punto magico. «Daven!»

«Quindi inizia a parlare, Sia.» Mi accarezzò ancora una volta, poi tolse la mano e me la appoggiò sulla pancia. «Parlami delle ferite alla testa.»

«Io non...» Stavo già respirando più forte. «Non posso.»

«Certo che puoi. Ti fidi di me?»

Annuii, chiudendo gli occhi. «Sì, ma è.... complicato.»

«Prova.» Pizzicò un capezzolo e poi fece roteare un dito sul clitoride.

«Va bene!» Mi spostai, avevo un'agonia di bisogno dentro il corpo. «Penso... penso che in qualche modo abbiano alterato il nostro cervello per renderci più compiacenti. Schiave migliori.»

«Bene.» Ricominciai a strofinare. «E?»

«E.... non lo so.»

Mi diede una pacca sul lato della coscia. «Riprova.»

«Io...hanno detto che saremmo state molto utili. Non ci hanno detto esattamente come.»

«E?»

«Prima dell'intervento, ero una lavoratrice di laboratorio. Mi hanno detto che da quel momento in poi avrei fatto un lavoro diverso. Ma siamo rimaste su quel pianeta prima che iniziasse davvero. Non so cosa stessero progettando. Lo giuro.»

«Hmm.» Mi toccò ancora una volta. «Di più, se vuoi di più.» Adoravo la vibrazione profonda della sua voce.

Quasi levitai. «Onestamente non conosco i dettagli di quella tecnologia, Daven. Non sono così preparata scientificamente. E non ci hanno dato i dettagli.»

Ancora non gli avevo detto tutti i dettagli della registrazione, ma almeno gli avevo detto qualcosa, giusto? Poi mi venne in mente un altro ricordo.

Una dieta ricca di vitamina C e D, insieme a maggiori quantità di L-lisina e MSM, è il giusto mix per nutrirle mentre migliorano la funzione cerebrale. Così come.... L'ocreziano procedette elencando una lunga serie di cose che non riconoscevo. Assicuratevi che siano tutte inseriti in questo protocollo il prima possibile.

«Ricordo qualcosa!» Feci un gesto verso Daven, anche se non volevo pensare a questi ricordi mentre faceva cose così deliziose al mio corpo.

«Registralo, poi continuerò.» Mi porse il dispositivo.

Riuscii a malapena a balbettare quello che avevo ricordato nel registratore, poi mi rivolsi a lui e lo pregai. «Daven, per favore!»

Sembrò soddisfatto perché continuò a toccarmi, e stelle, presto sentii che l'orgasmo iniziava a crescere.

Gemetti mentre lui mi accarezzava e stuzzicava, e gridai. «Daven, ne ho bisogno, per favore. So che hai detto tre volte, ma per favore. Farò qualsiasi cosa, lo giuro. Tutto quello che vuoi se mi lasci venire adesso.»

Premette il corpo contro il mio, e il suo peso e il suo calore mi fecero impazzire.

Mi morse il collo. «Qualsiasi cosa Sia? È una promessa seria.»

«Sì, sì, qualsiasi cosa!» Ero disperata.

«Bene, vai avanti.» Si tirò indietro, le brillavano gli occhi. «Vediamo che tipo di dolci delizie intendi offrire.»

«Beh...» Mi chinai per toccarmi la figa perché non sopportavo più.

Mi prese la mano e se la strinse al petto. «No, prima parla. Se mi piace quello che sento, potrei cedere e lasciarti venire prima di scoparmi il tuo bel culo.»

«Ti è piaciuto quando ti ho succhiato... il cazzo.» Non ero nemmeno imbarazzata nel pronunciare queste parole. «Lo farò di nuovo, Daven.»

Ringhiò leggermente e mi tirò più vicina.

«Ogni giorno!» Ero ispirata. «Ogni volta che sorge il sole,

per prima cosa giuro che prenderò il tuo cazzo in bocca e lo succhierò benissimo, Daven. E se non lo faccio, puoi... puoi frustarmi con quella piccola cinghia finché non piango e ti imploro. Sarò buonissima per te, lo giuro. Per favore, per favore.»

Mi dimenai contro di lui, cercando di spingere il clitoride contro la sua coscia. Eravamo entrambi sdraiati su un fianco, i corpi premuti vicino, e io lo desideravo. Freneticamente.

Mi morse il collo così forte da lasciare un segno e mi mise una mano sulla gola. «Ogni volta che sorge il sole, giusto? Senza discussioni o bisogno che te lo ricordi?» Mi teneva delicatamente ma con mano ferma.

«Sì, sì, proprio come l'altra volta!» Mi chinai per afferrargli il cazzo e lui me lo permise. Ce l'aveva così duro che faceva quasi paura, ma adoravo il modo in cui lo sentivo in mano. Sentivo il suo aroma muschiato e lo adoravo. Amavo tutto di questo.

«Hai un argomentazione molto valida», mormorò, leccandomi l'orecchio e spostando la mano sulla mia pancia. «Tutto quello che devo fare sono movimenti come questo» e la sua mano tornò sulla figa, dandomi un colpetto, facendomi strillare, «e mi farò succhiare il cazzo ad ogni nuova rotazione del pianeta.»

«Ti piacerà tantissimo» cominciai a dire, quando mi fece rotolare sulla schiena.

«Abbiamo un accordo» mi sussurrò all'orecchio e si inginocchiò sopra di me. «E mi aspetto assolutamente di trovare quella boccuccia attorno al mio cazzo ogni singola alba senza perdere un colpo, altrimenti ti sculaccerò abbastanza forte, così sarai dolorante tutto il giorno.»

«Sì, sì» quasi singhiozzai, l'idea di lui che mi frustava mi eccitava così tanto che sarei quasi potuta venire per la sua voce roca e ringhiante.

«E poiché sono molto soddisfatto, ti scoperò la figa.

Riserveremo il culo per un altro momento, quando sarai stata cattiva.

Perché questo mi eccitava ancora di più? L'idea di essere punita dal suo cazzo era in qualche modo eccitante quanto l'idea del piacere. Forse perché con Daven era tutto un grande mix di dolore ed estasi nelle giuste quantità.

«Sei stretta», mormorò, «ma bagnatissima. Col tempo, il tuo corpo imparerà ad accogliermi.»

Afferrai le sue cosce forti e poi le natiche mentre abbassava il corpo sopra il mio, anche se usò le braccia per alleggerire un po' di peso. «Daven, adoro sentirti.»

«Anch'io» ringhiò. «Apri le gambe, tesoro.»

Obbedii subito, e poi sussultai mentre lui spostava il corpo di lato e mi sollevava le gambe, piegandole all'altezza delle ginocchia e spingendomi le cosce, così da lasciarmi completamente aperta ed esposta.

«A volte potrei decidere di legarti per la scopata» disse, «ma in questo momento rimarrai in posizione per me.»

L'aria fresca della stanza mi sfiorò la figa e tremai dal bisogno. «Daven, per favore.»

Rise. «Adoro sentirti implorare.» Mise un dito dentro di me e spinse, e la deliziosa sensazione alimentò il mio bisogno.

«Sì, sì, così» lo incitai, spingendo i fianchi verso l'alto.

Continuò, poi aggiunse un secondo dito. E un terzo.

Gemetti.

«Troppo?» Premette le dita più profondamente. «Il mio cazzo è molto più grande delle mie dita, Sia. dobbiamo prepararti.»

«È troppo e comunque non abbastanza. Voglio te.» Gli afferrai ferocemente il polso con entrambe le mani e lo tirai verso il mio corpo. «Di più.»

Ridacchiò. «Chi è il padrone qui, Sia? Hai dimenticato il

tuo posto?» Ma obbedì, il suo sorriso mi diceva che gli piacevano le mie richieste sessuali.

«No, tu sei il padrone. Io la tua schiava, ma per favore...» mi contorsi, così da potergli baciare il collo. Forse era un po' sdolcinato, ma lo morsi come lui aveva morso me, e lui ringhiò, facendomi capire che gli piaceva.

«Allora lascia che ti accontenti.» Allargò un po' le dita, premendo dall'interno contro i lati del mio corpo, e quando premette trovò un punto che mi fece delirare.

«Daven!» Quasi urlai, sussultando in tutto il corpo, mentre lui premeva e strofinava una zona di pelle dentro di me che era attualmente in fiamme per l'orgasmo imminente.

«Non so se è abbastanza, ma diamine se non vedo l'ora.»

Si mosse con grazia e, ancora una volta, fu sopra di me, con quell'enorme cazzo che premeva al mio ingresso.

Anche se lo desideravo tanto, istintivamente mi strinsi. «Scusa» mormorai. «È solo che sei grandissimo.»

«Rilassa il corpo» mi ordinò, toccandomi di nuovo.

«Sono rilassata.» Provai a trattenere il respiro, aspettando che si muovesse, ma invece lui si spostò. «Proviamo qualcosa di diverso questa prima volta, Sia.» La sua voce era quasi tenera. Si sedette e si spostò all'indietro contro la pila di soffici cuscini sul letto sospeso, il suo cazzo sporgeva quasi dritto verso l'alto, duro e grosso.

«Tu sopra» spiegò. «Scendi piano, piccola umana. Per te sarà più facile così.»

«Ma non so come.» Ma non mi interessava, e stavo già scendendo su di lui, bisognosa di sentirlo dentro di me.

«Sospetto che imparerai velocemente, bellezza.» Mi sollevò per la vita e mi posizionò come voleva. «Prima inginocchiati su di me. Così, piccola. Proprio qui.» Sistemò abilmente il mio corpo. «Vedi dove sono? Quando sei pronta, sprofonda su di me. E io ti porterò tra le *kazo* di stelle.»

Ringhiò l'ultima parte mentre mi tirava dentro e mi baciava la bocca.

Ero sbalordita, sorpresa, perché non l'aveva mai fatto prima. In qualche modo era ancora più intimo delle altre cose che avevamo fatto, e lo adoravo, premetti le labbra sulle sue. La sua lingua esplorò la mia bocca e io ricambiai i gesti, diventando sempre più frenetica mentre lui iniziava ad accarezzarmi la figa mentre ci baciavamo. Per renderlo ancora più eccitante, la cappella sfiorava continuamente il mio clitoride, mandando spire di felicità che mi attraversavano la pancia e persino i capezzoli.

«*Kazo*, stai gocciolando per me» disse, con la voce piena di desiderio. «E hai un odore dannatamente buono. Voglio assaggiarti.»

«No!» Protestai, terrorizzata che smettesse di toccarmi, che interrompesse questo gioco. «Prima lasciami...» e posizionai la figa proprio sopra il suo cazzo. «Lasciami solo...» rilassai leggermente le cosce, permettendo al mio corpo di espandersi per accoglierlo. «Cavalcare. Il tuo. Cazzo.»

In un'esplosione di ispirazione, mi chinai e strofinai le dita lungo la figa, mentre sprofondavo su di lui, poi misi le dita sulle sue labbra. «Ecco, puoi assaggiarmi.»

«Sia, *kazo* di volpe» sbottò, leccandomi forte le dita e facendo una smorfia. «Stelle, sei irresistibile. Non posso sopportarlo!» Mi afferrò i fianchi. «Giù su di me, piccola umana, adesso.»

Faceva male perché la sua circonferenza mi spingeva oltre i limiti, ma era anche esattamente quello che volevo. Ero così bagnata che riuscii a scivolare lungo il suo cazzo finché non fu completamente dentro di me, pulsante e duro.

«Daven» sussurrai.

«Stai bene, piccola umana?» Mi accarezzò i capezzoli, poi mi sfiorò il collo con un bacio.

«Sì padrone. Più che bene.»

«Bene. Allora possiamo muoverci. Così.» Mi mostrò, mi insegnò un ritmo, permettendomi di controllarlo spostandomi su e giù lungo il cazzo.

«Oh, stelle, è bellissimo» gemetti, chiudendo gli occhi e gettando indietro la testa mentre aumentavo il ritmo. «Daven, oh dolce Madre Terra, è bellissimo, *kazo*.»

Era la prima volta che usavo la maledizione zandiana ad alta voce, ma mi piaceva. Suonava bene sulla lingua. «Scopami» sussurrai, e in un impeto di ispirazione, gli afferrai le antenne. «Ti piace?» chiesi, strofinandole.

Il verso che fece, un ringhio di desiderio, mi fece capire che era così. Ora mi afferrò i fianchi e iniziò a controllare il movimento del nostro accoppiamento, costringendomi a fare su e giù con forza, impalandomi sul suo cazzo. Era troppo grande, ma era perfetto perché colpiva tutti i punti giusti all'interno, soprattutto quello che aveva trovato prima con le sue dita veloci.

«Daven, so che dovrei aspettare, ma non credo di poterlo fare» gridai mentre l'orgasmo iniziava a crescere. «Ti prego, posso venire?»

«Aspetta» scattò. «Altrimenti ti sculaccio forte, Sia. E ti farò aspettare tre volte per il tuo prossimo orgasmo. Forse quattro. Che ne dici di aspettare un'intera settimana?»

«No, per favore!» Ero inorridita da quell'idea e ancora incapace di resistere a quelle sensazioni.

«Farai come ti dico» disse, «perché sono il tuo padrone. Sei mia, Sia.»

«Sì, Daven, tua, semplicemente tua» ripetei.

«Allora vieni» esortò. «Insieme, proprio adesso. Vieni per me, Sia.»

Permisi alla sensazione di esplodere e, allo stesso tempo, sapevo che anche lui raggiunse l'orgasmo perché sentii un'esplosione di fluido dentro di me che in qualche modo portò il mio orgasmo a un livello eccessivo.

Urlai di piacere, e continuai a venire, più forte e più intensamente, finché quasi svenni.

Daven gridò e mi afferrò forte, probabilmente abbastanza da lasciarmi dei lividi, e non mi interessava. Volevo i suoi segni, volevo il suo sperma, volevo tutto.

«Ti amo» pensai tra me e me. «Daven, ti amo.»

Sapevo che era meglio non dirlo, ma in questo momento ne ero sicura: questo guerriero zandiano aveva tutto il mio cuore.

CAPITOLO DIECI

*S*ia
    Rilassarsi insieme fu una gioia. Avvolsi le mie piccole dita attorno alle sue potenti, poi feci scorrere le mani sui suoi addominali e sul petto cesellati. Trovai il punto in cui l'anca incontrava l'inguine e premetti. «Mi piace questo punto.»

Rise. «Quello? Pensavo che ci fossero parti di me che avresti potuto preferire a quella.»

Misi una mano sul cazzo... ancora duro! «Intendi questa?»

Ringhiò. «Esattamente.»

«Anche quella parte di te va bene.» Sorrisi. Ero così sazia di piacere che avrei potuto trasudare gioia. «È stato fantastico.»

«È vero.» Sembrava meravigliato, quasi sorpreso. «Sì.»

Restammo in silenzio per un minuto, ma non fu imbarazzante.

«Sembra che io abbia scoperto il segreto per farti condividere i tuoi ricordi» disse con tono secco e divertito allo stesso tempo.

Non volevo parlarne davvero perché mi rendeva triste pensare che un sesso così incredibile fosse solo uno strumento per lui per farmi parlare, quando a me sembrava che mi cambiasse la vita. Quindi mi limitai ad annuire.

Poi chiesi qualcosa a cui avevo pensato sempre di più ultimamente. «Perché non sei accoppiato con un'altra zandiana? O un'umana? Voglio dire, perché sei disponibile a prenderti cura di me?»

Si irrigidì leggermente. «Non esistono femmine zandiane. E non ho mai incontrato l'umana giusta che possa tentarmi.»

«Va bene.» Esitai. «È solo che mi chiedevo qualcosa su quello che ha detto Axe. Il tuo amico. Penso di ricordare che sulla navicella ha detto qualcosa riguardo a una precedente relazione?» Trattenni il fiato. Probabilmente non avrei dovuto intromettermi, e questo era un argomento molto delicato. «Quando mi hai salvata. Ne stavate parlando...»

«*Kazo.* Te lo ricordi?» Inspirò. «Beh, non è falso. Io, ehm.» Si schiarì la gola. «C'è stato un... essere. Ma è stato qualche tempo fa. E le cose non sono andate bene.»

«Come?» Sentii che questo era importante. Che era più importante di quanto avrebbe ammesso.

«Sia, è storia vecchia.» Il tono era irritato. Poi cedette. Mentre parlava fissava il soffitto della stanza. «C'era un'umana. L'avevamo salvata da un'asta di schiave.»

Smise di parlare e aspettai solo che continuasse. Sentivo che questo era un argomento molto importante per lui, forse più critico di quanto avrebbe ammesso.

«Abbiamo legato» disse con tono piatto. «E ho promesso di farla mia compagna. È successo tutto molto rapidamente. Prese fiato. «Eravamo ancora sul pianeta alieno. Ma sembrava...» scosse la testa. «All'epoca sembrava naturale. Aveva senso. Ci siamo davvero capiti. Si chiamava Illiana. Abbiamo trascorso insieme sei rotazioni planetarie, nascondendoci con la squadra, preparandoci a fuggire dal pianeta. Ed ero pazzo di lei.»

«Hmm.» Volevo che continuasse a parlare. Già odiavo questa Illiana, per il semplice fatto che aveva intrappolato il cuore di Daven. «Allora, cos'è successo?»

«Quello che è successo» lo disse come un'affermazione. «È che ci stavamo nascondendo in un qualche fabbricato, pronti a correre verso un velivolo, un'altra navicella, dato che la nostra era stata distrutta. Era pericoloso, Sia: non ero sicuro che ce l'avremmo fatta. Ha visto alcuni dei suoi precedenti rapitori e li ha chiamati, dicendo loro che ci stavamo nascondendo. Che aveva informazioni preziose su di noi ed era stata con noi solo per acquisire informazioni.»

«Oh, Madre Terra. Non ci credo.» Mi portai una mano alla bocca, indignata. «Ma perché?»

Alzò le spalle, continuando a non guardarmi. «Stelle, chi può saperlo? Forse pensava che fossimo in inferiorità numerica e che sarebbe stata comunque riconquistata, quindi ha deciso di unirsi a loro? O forse ci stava davvero solo ingannando per tutto il tempo? Sembrava così... reale... quello che avevamo insieme. Mi prendevo già cura di lei. Molto.» Serrò la mascella. «E lei sembrava ricambiare.»

«È terribile.» Gli toccai il braccio.

«Noi zandiani abbiamo respinto gli aggressori e abbiamo ottenuto un velivolo. Siamo fuggiti... senza di lei. A quel punto lei aveva fatto la sua scelta e noi dovevamo salvarci.»

«Mi dispiace tanto.» Gli accarezzai la spalla. «Che essere orribile.»

«È stata colpa mia se mi sono fidato di lei così velocemente e così completamente. Avrei dovuto conoscerla meglio. Lo so.»

Alla fine, mi guardò, ma aveva gli occhi socchiusi e l'espressione distante. «Ho giurato a me stesso che non avrei mai più messo in pericolo Zandia o me stesso fidandomi di un essere indegno. La mia lealtà è verso il mio re e il mio pianeta. E questo non vacillerà mai. Mai. Ho messo in pericolo quella missione a causa della mia fiducia mal riposta.» Scosse la testa. «Mi sono disonorato. È vergognoso.»

«Non è stata colpa tua» dissi a bassa voce. «Non puoi ritenerti responsabile.» Sentii il disagio crescermi nelle viscere, il petto mi faceva male. Gli avevo già mentito così tante volte; nella migliore delle ipotesi sapeva che ero inaffidabile. Se aveva qualche sentimento per me, ovviamente lo avrebbe messo da parte in un batter d'occhio perché non ero onesta. E non potevo biasimarlo. Lo avrei fatto anch'io.

«Certo che posso. È mio dovere.» Alzò le spalle. Poi mi guardò negli occhi. «Quindi, Sia, ho bisogno che tu sia sincera con me. Dimmi la verità su ciò che ricordi. Le cose che entrambi sappiamo che non stai dicendo. Dimostrami che non sto danneggiando il mio pianeta fidandomi di te. Permettendoti di stare qui da me. Sul mio pianeta. Casa mia.»

Le parole si insinuarono tra noi e crebbero nel silenzio finché non risuonarono nel mio cranio.

Dovevo fare una scelta.

Aprii la bocca. «Ti dirò tutto quello che posso.»

CAPITOLO UNDICI

ia

Dopo tutto quello che raccontai a Daven, gli dissi quanto desideravo vedere le mie amiche e lui mi premiò con una visita.

Non vedevo l'ora di incontrare Flora e Katia da sole per la prima volta da quando eravamo state portate a Zandia. Dovevo scoprire cosa sapevano e cosa avevano detto, o non detto, ai loro padroni.

Ma quando vidi le mie amiche, quei pensieri diventarono secondari rispetto al bisogno di abbracciarle.

Mi precipitai tra le braccia di Flora e afferrai Katia per l'abbraccio. «Oh, grazie alle stelle, state bene!» Stavamo tutte ridendo e piangendo.

«State così bene, tutte e due!» Flora mi afferrò e mi esaminò, toccò l'abito sottile. «Che carino. E il tuo viso è così tranquillo e felice. Oh, Sia.»

«Beh.» Annuii. «Daven, il mio, ah, padrone... si sta prendendo cura di me, immagino.» Mi sentii avvampare.

«Si sta prendendo cura?» Spalancò gli occhi azzurri. «Sia! Sei... hai... tu e lui avete fatto l'accoppiamento?»

«Penso proprio di sì!» Katia mi indicò. «Guarda come sta arrossendo.»

Risi e arrossii ancora di più. «Beh, non si dice *fare l'accoppiamento*. E non esattamente. Ma lui è...» e mi lanciai nella descrizione di ciò che Daven aveva fatto esattamente. Era un po' strano discuterne, ma era anche divertente avere qualcosa di così fenomenale da condividere. Qualcosa di così diverso dalle cose che condividevamo quando eravamo cavie da laboratorio per gli ocreziani.

«Oh, Sia, è fantastico.» Percepii una punta di desiderio nel tono di Katia. «Il mio padrone è molto freddo. È bellissimo, ma distoglie sempre lo sguardo da me. Mi ha toccata a malapena una volta, ed è stato solo per aiutarmi mentre stavo inciampando. Si sforzò di sorridere. «È comunque molto meglio della nostra vecchia vita, quindi non mi interessa nemmeno. Non è un problema. Va tutto bene. Davvero, non mi interessa.»

«Oh, Katia. Sono sicura che prima o poi...» Ma chi poteva dirlo? «Spero, almeno, che lo faccia.»

Lei alzò le spalle e distolse lo sguardo. «Va bene comunque.»

«E tu, Flora?» chiesi, ricordando quanto sembrasse burbero il suo padrone.

Lei alzò le spalle. «Axe odia gli umani, quindi non c'è stato alcun accoppiamento di alcun tipo. Ancora.»

«Ancora?» Risi del sorrisetto di Flora. «Tu lo vorresti?»

Lei alzò le spalle. «Sta messo abbastanza bene. Sai, muscoli, pelle liscia e tutto il resto. E lui mi vuole. Semplicemente non lo ha ancora ammesso a sé stesso.»

«Mmm, non vedo l'ora di sapere come si sviluppa la cosa.»

«Ma abbiamo cose più importanti di cui parlare oltre alla riproduzione» affermò Flora.

Giusto. La cosa di cui avremmo dovuto parlare per prima.

Eccomi qui, a parlare frivolamente di sesso e attrazione quando c'erano cose molto più urgenti che potevano influenzare noi umane.

«Voi due» presi fiato, «ne avete parlato, insomma...?» Inclinai la testa. «Del... chip.» Il cuore mi batteva forte e mi toccai la testa.

Entrambe dissero di no, subito, parlandosi sopra.

Flora scosse la testa. «No. Sai che non lo farò mai. Non possiamo. Sono stata io a farti giurare di non farlo.»

Katia era d'accordo. «È troppo pericoloso. Sai cosa potrebbe succedere.»

Mi tremò la voce per il sollievo. «Bene. Neanche io. Se mai gli ocreziani ci trovassero, potrebbero friggerci, come hanno fatto con Mandy. Dobbiamo stare molto attente.»

«Giusto» disse Flora.

«Lo so. Povera Mandy.» Katia aggrottò la fronte.

Tutte tremammo, ricordando. Anche Mandy era un soggetto di prova e si esercitavano su di lei, facendola crollare, solo per mostrarci cosa avrebbero potuto fare se qualcuna avesse disobbedito. Quando avevano premuto da remoto il pulsante sul telecomando per eliminare il suo chip – non solo per disabilitarlo ma per distruggerlo – tutto il suo corpo si era immobilizzato, poi la luce nei suoi occhi si era spenta. Era caduta a terra, dalle piante dei piedi le usciva un po' di fumo, e l'avevano portata via. Non l'avevamo mai più vista.

«*Questo*» *aveva affermato il nostro padrone, «è ciò che possiamo fare e faremo se scoprissimo che avete violato il protocollo del silenzio.*»

«Ma penso che qui su Zandia sia sicuro. Non c'è davvero nessun altro posto nelle galassie in cui potremmo essere così al sicuro» dissi.

«*No*.» Flora sembrava allarmata. «Non è sicuro.»

«Siamo lontanissime, però.» Battei il piede, ancora e

ancora. «Ricordo di averli sentiti parlare della tecnologia. So che l'attivazione remota non può raggiungere così tanti clic di distanza. Dobbiamo essere a centinaia di migliaia di clic da loro qui.»

Katia strinse le labbra. «Sei sicura?»

Flora mi afferrò il braccio. «Non possiamo esserne sicure. E se arrivassero con un'astronave, cercando solo di sincronizzarsi con i nostri chip ovunque ci troviamo nella galassia? E se quando ci localizzano, caricano tutte le nostre informazioni e poi ci uccidono?»

«Sembra una possibilità remota» cercai di rassicurarla. «Dovrebbero effettivamente atterrare sul pianeta. E gli zandiani non lo permetterebbero mai.»

Katia scosse la testa. «Gli ocreziani sono testardi e astuti. Se c'è qualcuno in grado localizzare uno spillo in un oceano, sono senza dubbio loro. E noi siamo molto preziose. Forse dovremmo dirlo agli zandiani? Potrebbero trovare un modo per proteggerci?»

«No!» Flora esplose con una vemenza che non avevo mai visto in lei. «Devi stare zitta a riguardo. Tutte voi.» Si sporse in avanti. «Se gli zandiani scoprono che siamo potenziali spie e che non riusciamo nemmeno a controllare il nostro cervello, ci uccideranno loro stessi. È l'unica cosa logica da fare. Non è una cosa che vuoi per te o per il resto di noi, giusto? Ora che abbiamo finalmente trovato della sicurezza?»

Anch'io mi chinai in avanti. «Ovviamente no! Ma forse ci aiuterebbero, non ci farebbero del male.»

Pensai a Daven e alla mia promessa di essere sempre onesta. Il senso di colpa crebbe.

«Sono intelligenti. Hanno risorse. Se glielo diciamo forse il loro medico potrà toglierci il chip dalla testa. Oppure potrebbero escogitare un piano...» Mi fermai. Il problema era che anch'io temevo che saremmo state uccise o bandite. Provare a sostenere il contrario non aiutava.

«Lo sai che i chip sono intrecciati con la materia cerebrale, Sia.» La voce di Flora era piatta. «Anche gli esperti di Ocrezia concordano sul fatto che, una volta entrati, sono permanenti. Neanche loro sono in grado di rimuoverli.»

Stelle, aveva ragione. Il ricordo partì e iniziò a riaffiorare. *«Una volta che i chip sono dentro, non verranno mai fuori. Si inseriscono nella materia cerebrale, ed è ciò che li rende così perfetti. Impercettibili. Una perfetta tecnologia di registrazione umana.»*

Anche Katia lo mormorò. Così come Flora. Ci fissammo.

«Avete lo stesso ricordo?» Gli occhi di Katia erano spalancati.

Annuii. «È un ricordo del laboratorio. È come se i ricordi fossero così vividi. Come ologrammi nel mio cervello.»

Flora strinse gli occhi. «Pensi che sia a causa del chip?»

«In realtà sì. Penso che i nostri chip riproducano cose casuali che abbiamo registrato su quel pianeta mentre stavano testando e calibrando il segnale.»

Fluttuarono nuovi ricordi e ondeggiarono nella mia mente, sporchi serpenti che mi fecero tremare. *«Possediamo la tua mente, Sia. Adesso e per sempre. Sarai un dispositivo di registrazione perfetto. Il chip registrerà tutto ciò che vogliamo sapere. Possiamo cancellare i tuoi ricordi dopo averli recuperati.»*

«Quindi cosa dovremmo fare? Non possiamo sbarazzarci dei chip. E anche se gli ocreziani non riescono a leggere ciò che viene registrato, i chip stanno comunque facendo qualcosa. Li odio.» Flora si accigliò.

«Lo so. L'unico modo per liberarsi dalla tecnologia è disattivarli dal pannello di controllo sul pianeta Larew. Ricordi che hanno quel modulo master in cui possono disattivare completamente qualsiasi chip? Avevano detto che serviva in caso di emergenza, se le loro spie avessero corso il pericolo di essere scoperte. Possono ucciderci automaticamente e perdere tutto o semplicemente disattivare completamente e salvare le loro proprietà umane per riattivarle, purché siamo nel raggio d'azione. Quindi se potessimo tornare su quel pianeta e disattivarci? Potremmo fermare l'intero programma. Disattivarlo subito!»

«È impossibile.» Flora aggrottò la fronte. «Come ci arriveremo? Dovremmo condurre noi stesse su un'astronave?» Sbuffò. «Come se comunque non fossimo sotto sorveglianza totale. E non siamo mai state su un velivolo prima d'ora.»

«TRANNE CHE PER IL NOSTRO SALVATAGGIO.» Pensai a Daven, chinato, che mi salvava, e il mio cuore si sciolse.

Flora annuì. «Giusto. Quindi al momento dobbiamo stare zitte. Promettetemelo. Per il bene di tutte noi.»

«Mi sento orribile a continuare a mentire. Voi no?» Le rivolsi uno sguardo implorante.

«No» disse bruscamente. «Non mi sento orribile all'idea di restare in vita. È la nostra unica possibilità.»

Katia era d'accordo. «Come può davvero danneggiare Zandia, dopo tutto? Siamo fuori portata di chip. Per ora siamo tutti al sicuro.» Mi strinse le mani. «Spero solo che gli zandiani non ci stiano registrando adesso, mentre parliamo.»

Scoppiai in una risata secca. «Forse gli zandiani ci stanno registrando mentre parliamo del nostro cervello che ci sta registrando mentre parliamo. È un bel concetto.» Esitai. «Non credo che lo farebbero, però. Sembrano così onorevoli.»

Katia intervenne. «Abbiamo solo bisogno di più tempo, soprattutto io. Una volta che avrò convinto il mio padrone a fidarsi di me e a prendersi cura di me, almeno, forse avremo più influenza. Soprattutto se continuiamo a condividere i ricordi utili. Possiamo convincerli a salvarci la vita, a non bandirci perché siamo mostri con chip cerebrali. Per favore.»

Annuii lentamente. «Non voglio essere bandita.»

«…o uccisa» intervenne Flora.

«O addirittura uccisa. Mi piace stare qui.» Pensai a Daven e il mio petto si scaldò. Non solo mi piaceva stare qui. Lo adoravo assolutamente. «Faremo del nostro meglio per integrarci qui, faremo in modo che si fidino di noi. Che ci valorizzino. Sembra che apprezzino i ricordi che condivido, quelli sicuri. A proposito di prodotti chimici e tecnologia.»

«Anche io! Ho dato loro alcune informazioni su alcune cose tecniche che non capivo ma che potevo trascrivere dal mio chip, e loro l'hanno adorato.» Katia sorrise.

«Sì!» Le strinsi la mano. «Tutti i ricordi che riesci a estrarre dal tuo chip – riguardanti sostanze chimiche, anatomia umana o astronavi – condividili tutti. Tutto ciò che sembra vantaggioso. Evita solo di dire che abbiamo il chip. E nel frattempo, ho un'idea su come possiamo sistemarci.»

Flora aggrottò la fronte. «Come è possibile?»

«Possiamo renderci più sicure. A volte mi sembra di riuscire a far sì che il chip smetta di fare… qualunque cosa faccia. Vi viene quella cosa dello scaricamento cerebrale quando si attiva?»

Lei annuì, con gli occhi spalancati e pieni di lacrime. «Sì.»

Katia sussultò. «Sì! Tutto il tempo.»

«Beh, hai mai…» Presi fiato e spiegai la sensazione speciale che Daven mi aveva dato: l'orgasmo. «Quando ho provato a replicarlo da sola, o almeno a concentrarmi sul piacere, ho interrotto l'attività del chip. Il ronzio si è fermato.»

«Eh?» disse Flora dubbiosa.

«È andata così. Provalo tu stesso.»

«Come, da sola?» Flora sembrò sorpresa. «Si può fare?»

«Sì. Metti le dita tra le gambe e trova i punti che ti fanno sentire bene. Accarezzali o strofinali. Ti aiuta pensare al tuo padrone o a qualunque cosa ti ecciti.»

Flora arrossì e sollevò le sopracciglia fino all'attaccatura dei capelli. «Ehm. Va bene. Se funziona, dirò anche alle altre di provarci.» Si spostò sulla sedia, come se volesse già toccarsi.

«Ho già provato a farlo da sola.» Katia sbatté le palpebre. «La prossima volta vedrò se riesco a usare le emozioni per fermare il ronzio del chip.»

«Beh, è già qualcosa.» Sospirai. «Se riusciamo a imparare a fermare i chip, saremo meno pericolose.» Mi zittii. Pensai a Daven e a quanto tenessi già a lui. «È solo che non voglio metterli in pericolo» mormorai.

«Non *puoi* dire *nulla* al tuo padrone riguardo al chip» mi ricordò Flora. «Anche se ti fa delle cose che ti piacciono.» Strinse gli occhi.

Arrossii. «È complicato.»

«Non lo è per niente.» Si accigliò. «A quanto pare anche le altre umane si sono accoppiate con i loro padroni. Sembrate tutte così, così felici.» Incrociò le braccia. «Faccio schifo io come umana?»

«Flora! Stelle, sei bellissima.» Le presi la mano. «Forse si scalderà con te.»

«Forse.»

«Mantieni il segreto, Sia. A qualsiasi costo.»

E fu in quel momento che vidi arrivare Daven con un altro zandiano.

Il volto di Daven era impassibile. «Sia, è ora di andare.» Fece un cenno a Flora e Katia. «Confido che la tua visita sia stata positiva?»

Katia sussurrò: «Non riesce a staccarti gli occhi di dosso. Sei fortunata.»

«Silenzio» sussurrai, e mi sembrò di vedere le labbra di Daven tremolare anche se non sorrise apertamente. Gli zandiani dovevano avere un udito migliore del nostro.

Il padrone di Flora, Axe, era più basso di Daven ma più

muscoloso, con la mascella spigolosa e gli occhi profondi. «Vieni, Flora.» Incrociò le braccia e la guardò in cagnesco. «Se ritieni che valga il tuo tempo prezioso.» Immaginai che ci fosse qualche allusione: la prossima volta le avrei chiesto di più.

«Assolutamente, padrone.» La sua voce grondava condiscendenza. «Tutto ciò che comandi.»

La sua espressione divenne più severa. «Ne ho abbastanza delle tue repliche impertinenti.»

«Oh veramente? Che cosa hai intenzione di fare?» Flora mi lanciò un'occhiata e disse: «Augurami buona fortuna.»

Alzai gli occhi al cielo. «Ci vediamo.»

Flora avrebbe potuto essere sul punto di ottenere ciò che pensava di volere.

CAPITOLO DODICI

Sia

«Quindi, Sia, vorremmo che tu incontrassi alcuni esseri e condividessi con loro alcuni dei ricordi che hai avuto, quelli sulle navicelle e sulla tecnologia.» Daven mi condusse verso un gruppetto di esseri seduti su un gruppo di sedie fluttuanti in una stanzetta all'interno di una grande cupola tecnologica.

In questa uscita, eravamo andati nella direzione opposta rispetto alla sontuosa cupola dove sembrava che lavorasse il Maestro Seke, verso un centro di cupole vicino a una stazione di volo. Durante la nostra breve passeggiata, ero riuscita a vedere un velivolo luccicare sull'asfalto in lontananza dietro le barriere protettive e gli operai che si muovevano attorno ad esso come api in un alveare. Ma in questo momento mi dimenticai di tutto ciò perché in mezzo a un gruppo di piloti zandiani c'era qualcosa di incredibile che non sembrava adattarsi al resto.

«Madre Terra, è una pilota di caccia?» Avevo la bocca aperta mentre fissavo la femmina umana di fronte a me. Aveva una criniera di folti capelli rossi legati su una spalla a rivelare un collo snello. Sembrava delicata ma l'espressione sul suo viso era di potere e sicurezza, e quando si alzò, vidi come valutava me, la stanza, tutti. Era lo stesso modo in cui Daven osservava il mondo. Questa umana era chiaramente qualcosa di speciale: una guerriera. Sicuramente più speciale di me, con il mio cervello rotto e le bugie.

«Mi chiamo Mirelle.» Si avvicinò e, con mia sorpresa, mi abbracciò brevemente e sentii quanto era forte sotto la tuta da combattimento. «Sì, sono una pilota. Una combattente per la libertà diventata una guerriera zandiana.»

«È una delle migliori.» Un alto guerriero zandiano la cinse con un braccio, con aria possessiva. Le sue antenne si inclinarono nella sua direzione.

Mirelle gli sorrise e capii subito che erano accoppiati e sembravano beatamente felici.

«Vero.» Fece un cenno al potente guerriero. «È il mio ufficiale in comando e uno dei miei compagni. Andiamo in missione insieme.»

«Oh.» Incrociai le mani davanti a me. «Sono stata, ah, salvata di recente. Mi sono ricordata qualcosa sulla vitamina C e sugli esseri umani, l'ho detto a Daven.» Stelle, sembravo un'idiota. Desideravo essere vivace quanto lei, che era chiaramente un valore aggiunto per questo pianeta. Come potevo diventare come lei?

«L'ho sentito dire!» Sembrava elettrizzata dal mio banale ricordo. «E anche le altre cose. Hai chiaramente una memoria davvero fenomenale. Daven ha detto che ricordi alcune cose sulle navicelle di cui hanno discusso gli ocreziani? Ha detto che parlarne con noi, con me, forse ti aiuterebbe a ricordare di più?»

«Sarei felice di provare» mi offrii, pregando sinceramente di poter sradicare qualcosa di utile da quel mio cranio a sonagli.

«Sediamoci! Raccontami qualcosa di più su di te» si entusiasmò, conducendomi ai sedili fluttuanti.

Era chiaro che stava cercando di mettermi a mio agio, ma con tutti gli zandiani che ci fissavano, mi sentivo in bella mostra. Mi strinsi le braccia al petto e mi morsi il labbro.

«Ehm.» Fu tutto ciò che riuscii a gestire.

Mirelle mi guardò poi lanciò un'occhiata al suo comandante che inclinò la testa e poi annuì. Suggerì: «Daven, che ne dici di lasciare le due umane da soli a conversare? Mirelle è più che capace di registrare qualsiasi cosa critica.»

Gli zandiani si consultarono, poi tutti ci lasciarono sole. E mi sentii subito più rilassata.

Mirelle rise. «All'inizio può sembrare un po' intimidatorio, lo so, con così tanti zandiani in giro.» Aveva uno splendido sorriso. «Ma ti abituerai.»

«Come sei arrivata qui?» Ero curiosissima di conoscere la sua storia.

Il suo viso si incupì un attimo e, mentre mi raccontava la sua storia, provai dolore. Ogni umana in questa galassia aveva un mondo di dolore nel suo passato e Mirelle non era diversa.

«Ma mi risulta che ricordi molte cose interessanti sugli ocreziani?» Lo chiese in modo aperto, lasciandomi spazio per parlare.

Annuii. «Beh sì. Recentemente ho avuto dei ricordi sui nuovi protocolli di occultamento.»

Si sporse in avanti, con gli occhi che brillavano. «Veramente? Perché è fondamentale, Sia. Al momento gli ocreziani non hanno il miglior occultamento in circolazione e possiamo ancora trovare le loro navicelle anche quando pensano che siano nascoste. Ma se migliorassero» scosse la testa, con espressione seria, «potrebbe essere un disastro. Contiamo sulla possibilità di localizzarli in ogni momento per mantenere il nostro pianeta al sicuro.»

Mi si strinse lo stomaco e chiusi gli occhi. Se lo facevo nel modo giusto, potevo fare in modo che il mio chip riproducesse quello che volevo, senza consentirgli di registrare nulla di nuovo. Richiedeva che mi concentrassi in modo potente e, a volte, perdevo i fili. «Devo disegnare le cose che mostravano?»

«Perché non mi dici semplicemente cosa hai sentito?»

«Beh, era più una cosa da guardare. Stavano recuperando i progetti di un ologramma mentre ero nella stanza. Penso di poterlo ricreare per te.»

«Uhm, sicura?» Ero certa che non si aspettasse molto dalla delusione nella sua voce. «Se pensi di poterlo fare.» Non pensava che sarei stata in grado di disegnare qualcosa di prezioso. Dopotutto, come avrebbe potuto un'umana qualsiasi essere in grado di disegnare diagrammi tecnici a memoria? Sembrava pazzesco.

Ma mi passò un tablet. Presi il pennino e chiusi gli occhi per un secondo.

«Va bene. La prima cosa era questa.» Iniziai dall'angolo in alto a sinistra, chiudendo gli occhi ogni tanto per chiarire i dettagli. Era proprio come copiare. «Hanno buttato giù queste equazioni, vedi, in questo modo?» Sarei riuscita a codificare più velocemente, man mano che mi fossi abituata a guardare il mio cervello, come se fosse uno schermo piatto, e poi a trasferirlo sul tablet. «Mi dispiace, è in parte poco preciso, questi sono simboli che non uso o non capisco. Sto cercando di metterli giù come li ho visti.»

Continuai, riempiendo una schermata dopo l'altra. «E poi questo diagramma, qui.» Mi impegnai parecchio per ottenere linee e angoli giusti, e non ero sicura che fosse perfetto, ma almeno stavo facendo quello che potevo.

Quando alzai lo sguardo, il viso di Mirelle era impresso di meraviglia e intenso di concentrazione. «Sia, come hai fatto a farlo?» Sembrava quasi spaventata mentre indicava il mio lavoro. Avvicinò il tablet. «*Kazo*, questa è una nuova tecnologia. Penso che siano... oh stelle, devo portarlo immediatamente al Maestro Seke.» Parlò nel suo dispositivo da polso. «Domm, Daven, dovete tornare qui. Quella che ha ricordato Sia è un'informazione fondamentale!»

Poi mi guardò. «Come puoi ricordare tutto questo se non l'hai mai studiato?»

«Non lo so. Anche Daven me lo chiede. Lo faccio e basta. Forse è stato uno dei miglioramenti che mi hanno fatto. Mi ha dato una memoria migliore.» Non potevo parlarle del chip, ovviamente.

Ma dopo tanta concentrazione mi faceva male la testa. Ero riuscita a impedire al chip di registrare, ma ci aveva provato più volte e combatterlo e la cosa mi stancava.

«Ho bisogno di riposare.» Mi appoggiai allo schienale del sedile fluttuante. «Mi fa male il cervello.»

«Ecco del fluido. E della frutta.» Mi portò degli snack e si sedette accanto a me. «Sia, quello che hai appena fatto... non conosco nessun altro essere umano con una memoria del genere.»

«Oh.» Mangiai le bacche, grata per la dolce scarica di energia che fornirono. «Immagino di esserci abituata?» C'era un tono interrogativo nella mia voce, però, e lei se ne accorse.

«Sia, ti hanno fatto qualcosa di male, i tuoi vecchi padroni?» Mi toccò la mano. «Se c'è qualcosa che hai paura di dirci, voglio assicurarti che ogni essere qui si prenderà cura di te e ti proteggerà. Siamo tutti impegnati al cento per cento a mantenere Zandia e gli esseri che vivono qui al sicuro da ogni minaccia, non importa quanto grande. O piccola.»

La sua espressione era seria, ma distolsi lo sguardo. E se fossi stata io la minaccia, o tutte le umane salvate? E se fossimo state noi la cosa cattiva e non appena avessero saputo che avevamo il chip ci avessero mandate via?

«Io...» La guardai quasi supplichevole. «Ci sono cose che ho paura di dire. Lo capisci?»

«Certo. Ero una combattente per la libertà. Ho salvato gli esseri umani dalle peggiori situazioni. Sono sicura che hai passato l'inferno. Ma Zandia è un posto sicuro per te, te lo prometto.»

Oh. Una combattente per la libertà. Mirelle era davvero una persona eccezionale.

«Quando sono arrivata qui per la prima volta ho avuto difficoltà a fidarmi dei miei compagni. Ci è voluto tempo.» Sorrise. «Diventerà più facile. Cerca solo di legare con Daven. Puoi fidarti di lui.»

Il solo sentire il nome Daven mi fece battere il cuore. Legare con lui era la cosa che preferivo. E mi fidavo di lui. Avrei solo voluto poter essere completamente certa che fosse sicuro dirgli tutto. Ma non potevo.

Riportò la sua attenzione al tablet, dove scorse le cose che avevo trascritto. «Stelle, non posso crederci! Non vedo l'ora di inserirlo nei nostri sistemi. È roba davvero fenomenale, Sia. Sei una specie di eroina per averci fornito queste cose. C'è qualcos'altro del genere che puoi darci? Aiuterà davvero Zandia.»

Annuii. «Se dovessi ricordare di più, salverò tutto.»

Poi la guardai dritto negli occhi. «Mirelle, se dovesse arrivare il giorno in cui avrò bisogno del tuo aiuto per fare qualcosa di buono per Zandia, mi aiuterai? Voglio dire, se è davvero urgente?»

Mi guardò per un istante, poi un altro. Alla fine parlò. «Sì» disse a bassa voce. «Non voglio fare nulla che possa mettere me o te nei guai. Ma capisco gli esseri umani, Sia, e le difficili situazioni che possiamo affrontare. Quindi sì. Se vieni da me, farò del mio meglio, con i miei mezzi. Questo è tutto ciò che posso promettere.»

«Grazie.»

Mi sentii inspiegabilmente meglio, come se qui avessi un'alleata. Certo, non sarebbe stata mia alleata se avesse saputo che ero una potenziale spia con un chip. Ma se c'era qualcuno che sembrava preoccuparsi di aiutare gli umani ad aiutare Zandia, era proprio questa femmina.

La porta si aprì di colpo ed entrò Daven. Il mio corpo reagì istantaneamente alla sua presenza, il respiro mi si bloccò in gola. Mi alzai e quando mi sorrise, il calore mi attraversò il corpo.

Mi fece un cenno. «Ho sentito che sei stata di grande aiuto per Zandia.»

«Ci sto provando» dissi sinceramente. Quando lo raggiunsi, mi avvolse tra le sue braccia e mi sciolsi contro di lui. «Voglio aiutare.»

Alzai lo sguardo verso il suo e lui mi accarezzò la guancia. «Grazie, Sia. Devi solo dirmi tutto quello che ricordi.»

Respinsi la sensazione di disastro imminente mentre annuivo, deglutendo. «Lo farò, padrone.»

* * *

DAVEN

AVEVO ADORATO il modo in cui la testa scura di Sia si era sollevata di scatto quando ero entrato nella stanza, quei caldi occhi castani si erano fissati immediatamente sul mio viso. Si era legata a me, proprio come ogni essere aveva promesso.

Avevo sentito cosa succedeva quando un guerriero zandiano esercitava la dominanza sessuale con una femmina umana, ma ora che lo vedevo con i miei occhi, non avevo smesso di meravigliarmi. Era meraviglioso avere la completa attenzione di questa femmina ogni volta che ci trovavamo nella stessa stanza. Il modo in cui il suo corpo rispondeva al mio. Una mia parola o uno sguardo severo e il profumo della sua eccitazione riempiva la stanza.

Le piacevano le mie punizioni. Desiderava il mio tocco.

La desideravo anch'io. Ogni momento della rotazione di ogni pianeta.

Quando ero via, non vedevo l'ora di tornare. E non era solo per il piacere sessuale. Era il suono della sua voce. Lo splendore del suo sorriso. Il modo costante in cui era in sintonia con me, quindi tutto quello che dovevo fare era scuotere leggermente la testa o annuire, e lei si affrettava a compiacermi.

E ora iniziava davvero a darci informazioni utili. Stava dimostrando di essere degna di fiducia.

Ero pronto a presentare una petizione a re Zander perché mi permettesse di accoppiarmi con lei formalmente. Di perforarle la pelle e incorporare il mio cristallo come regalo di accoppiamento e marchiarla per sempre come mia.

La sua espressione ora era luminosa. Era felice. Le nuove umane salvate rimanevano sbalordite nello scoprire femmine umane con abilità straordinarie come Mirelle. E Mirelle non era la nostra unica pilota di caccia umana. C'erano anche Cambry e suo fratello Tal.

Sia venne da me e mi gettò le braccia al collo in segno di saluto.

Ridacchiai, mettendole un braccio dietro la schiena per spingere il suo corpicino rigoglioso contro il mio. «Ti è piaciuto incontrare Mirelle.»

«Sì» sussurrò. «È davvero sorprendente vedere cosa possono fare gli esseri umani su Zandia.»

Vedere la gioia sul suo viso provocò qualcosa al mio petto. Mi ritrovai a prenderle le guance e ad alzarle il viso verso il mio per un bacio. Fu un bacio lungo e lento, la mia lingua le accarezzò le labbra, per poi immergersi tra di loro in modo aggressivo.

Quando mi allontanai, era senza fiato. Le antenne erano spesse e inclinate nella sua direzione, proprio come il mio cazzo. Alzò lo sguardo verso le antenne e poi ne afferrò una.

Tremai di piacere quando la toccò. «Non senza permesso, piccola» le ricordai, ma non c'era severità nel mio tono.

Volevo che mi toccasse le antenne. Volevo che le baciasse, le leccasse, le succhiasse tra quelle labbra mature.

Feci scivolare l'avambraccio sotto il suo sedere e la sollevai per metterla a cavalcioni della mia vita. «Andiamo a fare un giro.»

Mi mise le braccia attorno al collo e mi sfiorò con le labbra una delle antenne. Repressi un gemito. «Un giro?»

«Sulla mia navicella. Ti lascerò volare.»

Le labbra carnose di Sia si schiusero per la sorpresa. «Veramente? Oh! Ma non so farlo.»

Ridacchiai. «Te lo mostrerò. Gli esseri umani possono fare qualsiasi cosa su Zandia purché contribuiscano alla società. Sembravi entusiasta che un'umana potesse volare. Vediamo se è qualcosa che desideri perseguire tu stessa.»

La portai sulla mia navicella da combattimento più piccola e la allacciai al sedile accanto a me nella cabina di pilotaggio. Il suo sguardo viaggiava sugli strumenti e sorrideva mentre le spiegavo cosa facesse ciascuno di essi.

Decollai, ma una volta che ci trovammo al di sopra dell'atmosfera zandiana, le permisi di prendere i comandi per un po'. Ci mandò in una picchiata e giravolta che dovetti correggere, ma non c'era alcun pericolo reale e lei lo sapeva.

Quando atterrai, mi rivolsi a lei. «Bene, cosa ne pensi? Hai un futuro come pilota di caccia?»

Sorrise e scosse la testa. «Non credo, ma grazie per avermi permesso di provarci.» Mi prese la mano. «È stato divertente.»

Intrecciai le dita sulle sue. «Mi piace vederti felice, Sia.»

Le si illuminarono gli occhi per le lacrime.

Mi accigliai. «Perché stai piangendo?»

Scosse la testa. «No, queste sono lacrime di gioia. Le tue parole significano qualcosa per me.»

«Che vuoi dire?»

Lei deglutì. «Ci tieni a me... voglio dire... vero?»

Il mio petto era fin troppo pieno. Aveva ragione. Mi prendevo cura di questo piccolo essere umano. Era arrivata a significare tutto per me.

«È così.» Mi chinai per cullarle la guancia e baciarla di nuovo. «Voglio che tu diventi la mia compagna.» Lo dissi prima di avere il tempo di ripensarci. Di chiedermi se non fossi di nuovo troppo frettoloso. «Ti piacerebbe, piccola?»

«Cosa significa?»

«Significa che ti trafiggerei con il mio cristallo e tu diventeresti formalmente mia. Per sempre. Daresti alla luce i miei figli e diventeremmo una famiglia.

«Sì!» Rideva e piangeva insieme. «Sì, lo voglio, padrone.»

Qualcosa in me cambiò. La rabbia per il tradimento di Illiana si sciolse. La preoccupazione che Sia facesse lo stesso o che stesse trattenendo di proposito qualcosa svanì.

Voleva essere la mia compagna. Portare i miei piccoli. Se era vero, non contava nient'altro.

Qualunque cosa il suo passato potesse riservare, non aveva importanza. Ero convinto che avrebbe continuato a condividere ciò che ricordava. Voleva aiutare. Voleva appartenere a me. Confidavo nei miei sentimenti a riguardo.

«Vieni.» La mia voce era roca per il bisogno. La presi dal sedile della cabina di pilotaggio e la portai dalla navicella al mio hovercraft.

«Lo facciamo subito?» L'eccitazione nella sua voce fu ciò che mi colpì.

Avrei dovuto prima chiedere il permesso a re Zander, ma non volevo aspettare nemmeno un altro momento prima di reclamare la mia piccola umana.

«Sì.»

Corsi verso il mio domicilio e portai Sia fuori dal velivolo. «Vai dentro. Togliti i vestiti e inginocchiati sul pavimento ad aspettarmi» gli ordinai.

Una volta dentro, chiamai il Maestro Seke, il mio comandante tramite il comunicatore da polso. Il suo ologramma balzò in aria davanti a me.

«Sì?»

«Mi sto accoppiando con lei.»

Alzò le sopracciglia. «Me lo stai dicendo o me lo stai chiedendo?»

Non sapevo cosa mi fosse preso, ma mi rifiutavo di chiederlo. Avevo già deciso e niente mi avrebbe fermato adesso, nemmeno il Maestro Seke. Neppure re Zander.

«È la cosa giusta da fare. Vive già come una compagna. Vuole dare alla luce i miei piccoli. Qualunque segreto conservi ancora, alla fine glielo tirerò fuori.»

Il Maestro Seke inclinò la testa. «Ti sosterrò su questo.»

«Grazie Maestro.» Mi inchinai al suo ologramma prima che terminasse la chiamata.

Poi entrai per accoppiarmi con la mia piccola umana.

CAPITOLO TREDICI

*S*ia Tremai dall'eccitazione. L'atto stesso di spogliarmi e inginocchiarmi per Daven mi faceva sentire sottomessa e sexy. Di sua proprietà.

Non potevo credere che stasera ci saremmo accoppiati!

Lo desideravo ma non osavo credere che sarebbe successo, soprattutto perché Daven sembrava sempre trattenersi. L'idea di diventare una famiglia cambiava tutto. Creava una sicurezza che non avevo mai sentito prima.

Il senso di appartenenza qui su Zandia.

La situazione con i trasmettitori nelle nostre teste poteva essere gestita. Le mie amiche avrebbero imparato a controllarli come avevo fatto io. E se ciò non poteva essere fatto, beh, ora conoscevamo una pilota umana. Se necessario, avrei chiesto a Mirelle di volare sul pianeta Larew, così da poter disattivare i chip dal laboratorio.

Il senso di colpa mi trafisse. Daven era il mio compagno e glielo nascondevo ancora.

Forse era ora di dire la verità. Di coinvolgerlo in tutto questo.

Ma non stasera.

Non volevo rovinare questo momento speciale.

Entrò, le belle linee del suo viso rendevano la sua espressione imperscrutabile.

Tuttavia, dall'ispessimento e dall'inclinazione delle sue antenne, era chiaro che la vista di me qui in ginocchio lo eccitava.

Si avvicinò e si fermò sopra di me. «Brava ragazza. Tira fuori il mio cazzo.»

Mi misi in ginocchio. Indossava il tradizionale abito da guerriero zandiano: una tunica bianca e pantaloni bianchi fatti di un materiale finemente tessuto che probabilmente era costato più di un centinaio di schiave umane. Usò una mano per togliersi la tunica mentre io abbassavo i pantaloni quanto bastava per liberare la sua erezione.

«Ecco fatto» mi lodò.

Avvolsi le dita attorno alla base, puntando la sua lunghezza in direzione della mia bocca. Aprii le labbra.

«Aspetta il permesso» mi avvertì.

Rimasi sospesa, con le labbra aperte, il viso a pochi centimetri dall'enorme membro viola. Una goccia di precum arcobaleno fuoriuscì dalla sua fessura.

«Lentamente» ordinò.

Allungai la lingua e la feci scorrere sulla fessura, assaporandone l'essenza.

Il cazzo sussultò nella mia mano e Daven emise un ringhio di piacere.

Incoraggiata, feci scorrere la lingua attorno al bordo della cappella, seguendo i contorni levigati e tracciando le vene spesse.

Presi le sue palle pesanti prima di prendere la sua lunghezza più a fondo possibile in bocca.

Daven ringhiò e mi afferrò i capelli nel pugno, usando la testa per muovermi avanti e indietro sul suo cazzo.

Adoravo il fatto che controllasse il movimento. Mi mostrava cosa gli piaceva. Dirigeva l'azione.

Lui spinse più in profondità, colpendomi in fondo alla gola, facendomi lacrimare gli occhi, ma facevo fatica a rilassarmi e continuavo a succhiare. Gemette mentre prendeva velocità.

I miei capezzoli si strinsero, la figa si inzuppò sapendo che era eccitato. Prossimo a trovare la sua liberazione.

«*Kazo*, Sia, sento l'odore della tua eccitazione. Ti piace compiacere il tuo padrone?»

Mi fermai abbastanza a lungo per dire: «Sì, padrone», e poi tornai al mio dovere.

Strinse le dita tra i miei capelli. Le palle si sollevarono e raggiunse l'orgasmo, versandomi il seme in bocca. In gola.

Lo ingoiai e mi leccai le labbra mentre lui mi accarezzava il viso.

«Ti è piaciuto compiacere il tuo compagno?» La sua voce era dolce.

«Sì, padrone», sussurrai.

«Ragazza dolce.» Mi prese in braccio e mi sistemò delicatamente sulla schiena sulla piattaforma per dormire. Mi lasciò lì per andare verso un cassetto, dove tirò fuori una pistola e ci inserì qualcosa.

«Dove vuoi indossare il mio cristallo?»

Avevo visto altre umane con i piercing. Alcune nel naso, altre nelle orecchie, altre ai lati delle guance o sulle sopracciglia.

«Scegli tu», gli dissi.

Si arrampicò su di me, tracciando leggermente con il dito i contorni del mio viso, poi lungo la gola e tra i miei seni. «Voglio che sia un posto che tutti possano vedere. Così sapranno che mi appartieni.»

Mi sfiorò la cresta di un orecchio. «Qui.» Appoggiò la canna della pistola alla pelle del mio orecchio e premette il grilletto. Sussultai per il dolore momentaneo, ma la bocca di Daven era sulla mia, cercando di scacciare lo shock.

«Adesso sei mia, dolce femmina» mormorò. «La mia compagna. La mia piccola umana. Futura madre dei miei piccoli.»

Le lacrime mi scesero dagli occhi. «Sono così felice.» Tirai su col naso.

Daven sorrise. «Allarga le gambe, bellezza. Questa volta voglio quella bella figa.»

CAPITOLO QUATTORDICI

*S*ia Il giorno dopo andai ad incontrare le mie amiche umane nella grotta dell'albero aromatico della Cresta. Essendo un'umana appena accoppiata e avendo guadagnato la fiducia di Daven, mi era permesso intraprendere spedizioni come questa da sola. Non riuscivo quasi a credere alla mia fortuna, anche se il senso di colpa mi attanagliava ogni volta che lo vedevo sorridere. Gli nascondevo ancora dei segreti e questo mi faceva stare male.

Ma in questo momento non vedevo l'ora di vedere Flora e Katia. L'ultima volta che ci eravamo incontrate da sole, eravamo rimaste tutte entusiaste nello scoprire che ognuna di noi era riuscita a utilizzare le mie tecniche per impedire al chip di registrare. E ancora meglio, anche le altre erano riuscite a ricordare alcune informazioni interessanti dai propri chip e a trasmetterle ai loro padroni. Ero sicura che le cose stessero andando perfettamente. Ben presto saremmo state completamente al sicuro qui e saremmo diventate membri permanenti e fidati della società zandiana.

Appena mi videro, si precipitarono avanti con grida di ammirazione.

«Che cosa hai all'orecchio?»

«È un cristallo di accoppiamento?»

Mi toccai l'orecchio, amando ancora la sensazione del cristallo. «Sì. Daven si è accoppiato con me.» Il mio viso si accaldò al ricordo.

Flora si allungò per toccarlo ma poi si tirò indietro. «Posso?»

Annuii, timidamente. «Non fa più male. È piacevole. Fai pure.»

«È magnifico! E tu sei raggiante. Sembri felicissima. Si vede.» Toccò delicatamente il mio cristallo. «Ne vorrei uno anch'io, un giorno.» La sua voce tradiva desiderio, ma sorrideva ancora.

Katia annuì. «Oh, Sia, sei un modello per tutti noi. Potremo averlo tutte un giorno.» Gesticolò con la mano. «Una relazione, un compagno, tutto.» Ma all'improvviso il suo sorriso si trasformò in una smorfia. Lei gridò e si afferrò la testa, poi cadde, come se fosse fatta di stracci. Mentre giaceva a terra, si contrasse leggermente e restò immobile.

«Katia! Cosa è successo?» Gridai, chinandomi per toccarle il viso.

Flora si portò su di lei in preda al panico. «Katia!» Afferrò la mano di Katia.

Ma la nostra amica non rispondeva: si limitò a tenersi la fronte e chiuse gli occhi. Dalla gola le uscivano piccoli lamenti e sussulti e un sottile velo di sudore le ricopriva il collo e le guance. Un minuscolo insetto rosa le ronzò vicino al naso, poi sfrecciò via.

«Sia, è il chip.» Il viso di Flora era pallido nonostante la giornata calda. Il suo sguardo ampio ardeva sia di rabbia che di paura. Era un'espressione che le avevo già visto.

In una rotazione planetaria impressa in tutti i nostri ricordi per l'eternità.

«Che cosa è successo?»

«Lo sai cos'è. La stessa cosa di Neera.» Flora si inginocchiò accanto a Katia, tenendole la mano. «Ti ricordi? Ha gridato che il suo chip si era attivato e poi è crollata.»

«È il chip? Sei sicura?» Caddi anch'io e toccai la spalla di Katia. Era ancora viva, quindi non era come Neera. Era un bene. «Pensavo che tutte avessimo capito come bloccarli.»

L'espressione di Flora era di cupo panico. «Non lo so! Immagino che non ci sia mai riuscita tanto bene. Forse mentiva quando diceva che poteva farcela.» Distolse lo sguardo da me. «Non volevo dirtelo perché temevo che avresti detto qualcosa. E volevamo più tempo. Avrei dovuto dirtelo.»

Scossi di nuovo Katia, una volta, poi più forte. «Svegliati. Siamo noi, stai bene, Katia, per favore!»

Gridò: «Il mio chip! Penso che si stia attivando!» Poi rabbrividì, allontanandosi da me, cercando di rannicchiarsi. Il polline degli alberi si mescolò ai suoi capelli. Lo scostai, poi sussultai quando le mie dita le toccarono la pelle.

«Madre Terra, è così calda.» Tolsi la mano dal suo viso. «L'hai sentita?»

Flora sembrava non sentirmi. Il suo sguardo saettava intorno come un animale in trappola, ma non c'era niente di insolito in vista. «C'è una nave ocreziana lassù?» Guardai il cielo, ma era vuoto, fatta eccezione per la luminosa stella zandiana. Non che potessimo vedere in orbita, comunque. «Verranno a prenderci dopo tutto questo tempo?» La sua voce era così tremante che riuscivo a malapena a capirla. «Ero così certa che fossimo al sicuro!»

«Non lo so!» Girai la testa per la frustrazione. Tutto ciò che vedevamo erano gli alberi zandiani attorno all'area ricreativa, i fiori e, a breve distanza, la piazza. Non riuscivo nemmeno a vedere Daven, anche se potevo evocarlo con il mio ologramma da polso. Era sempre nelle vicinanze quando interagivo con le mie amiche umane.

Flora sembrava pronta per la battaglia. «Dobbiamo fare qualcosa. Non permetteremo che la uccidano.»

Scossi Katia più forte. «Svegliati. Katia, per favore, dicci cosa sta succedendo.»

Ma non poteva. Tutto il suo corpo divenne immobile, poi si afflosciò, aveva il respiro affannato. Poi roco. Il suo viso iniziò a diventare grigio-bluastro.

«Abbiamo bisogno di aiuto.» Restai in piedi, con il cuore che batteva forte. «Ho bisogno... dobbiamo dire a qualcuno cosa sta succedendo.»

«No. Ci deve essere un altro modo. Ricorda cosa ci faranno!» Flora mi afferrò, affondando le unghie affilate nel mio braccio.

«Troppo tardi!» La rabbia verso di lei, verso me stessa, per l'intera situazione era aumentata. «Lo stanno già facendo! Sta morendo» gridai. «Ed è colpa nostra perché abbiamo deciso di mantenere il nostro passato totalmente segreto. E se sono lassù», indicai con ansia il cielo, «e se si avvicinano abbastanza, allora sì, forse possono spazzarci via tutti. Oppure ottenere le informazioni che sono sui nostri chip, qualunque cosa sia stata registrata prima che scoprissimo come bloccarla.»

«Forse dovremmo semplicemente lasciare che si riprenda da sola.» La voce di Flora era bassa. «Forse non è il chip, dopo tutto.» Mi tirò il braccio. «Forse si sente solo male! Ci fa continuamente male la testa, ronza e fa cose strane. Ciò non significa che il chip si stia davvero attivando! È semplicemente nel panico.»

Per un microsecondo, valutai la cosa. Potevamo dire che era caduta e aveva battuto la testa? Sperare che tutto andasse per il meglio? Ma quando guardai il viso di Katia, sapevo che aveva bisogno di aiuto immediatamente.

Ne avevo abbastanza delle bugie. Sapevo cosa dovevo fare. Premetti il pulsante dell'ologramma. «Daven!» Piangevo, sentendo il panico assoluto nella mia voce. «Ho bisogno di te. Aiutami per favore.» Mi alzai, allungai il collo per individuarlo, e il sollievo mi attraversò quando lo vidi correre nella mia direzione.

Passarono solo pochi secondi prima che fosse al mio fianco, gli occhi che sfrecciavano verso Katia ma poi si posarono prima su di me, controllandomi. «Sia, stai bene?» Mi toccò il viso una volta.

La preoccupazione che vedevo nei suoi occhi mi uccideva. Questa sarebbe stata l'ultima volta che mi guardava in quel modo, con attenzione, prima di scoprire la mia colossale bugia.

Gli presi la mano, sperando di comunicargli senza parole che ci tenevo a lui, che mi dispiaceva per tutto quello che stava per succedere. «Sto bene. È Katia. È crollata. Ha bisogno di aiuto.»

Lui si abbassò e le toccò il collo, le sentì il battito. Poi gridò dei comandi nel suo comunicatore e si voltò di nuovo verso di me. «Ho convocato il medico e il personale. Avremo il loro aiuto. Ha mangiato qualcosa di nuovo? È stata malata?»

«No.» Mi chinai. «Non è quello. Io…»

Seguì una raffica di attività mentre diversi guerrieri correvano con una squadra di personale medico.

«È… c'è una cosa che devo dirti.» Non riuscivo nemmeno a guardarlo in faccia. Il senso di colpa era così opprimente che mi veniva da vomitare. «E non ti piacerà. Mi dispiace.»

«Assicuratele la testa, sta iniziando ad avere le convulsioni.»

«Presto, mettetele il cerotto sedativo e prendete il kit di analisi.»

«Cosa è successo?» Daven, forse iniziando a percepire qualcosa, mi prese il braccio. E la presa era meno intima di quanto avrei voluto. «Sia. Parla.»

«È il suo chip!» gridò Flora, con le mani sui fianchi, lacrime di rabbia negli occhi. «Il suo chip cerebrale è stato attivato e ci uccideranno tutte!»

«Che cosa?» Il tono gelido nella voce di Daven era così potente che sussultai. Riuscii a guardarlo. Aveva gli occhi feroci. «Sia, cos'è questa storia del chip?»

Feci un respiro profondo. «Daven, abbiamo degli impianti nelle nostre teste che sono stati messi lì dagli ocreziani. Non te l'ho mai detto. Volevo farlo. Ma avevo paura che mi uccidesse. Stanno cercando di registrare informazioni ed è possibile che, se gli ocreziani sono nel raggio d'azione, possano attivare i chip per caricare i dati e trovare la nostra posizione esatta.» Deglutii e aggiunsi: «E possono anche ucciderci da lontano. Non siamo al sicuro se sono nel raggio d'azione. Ma dovrebbero trovarsi entro 15.000 clic, lo giuro!» Il mio tono era lamentoso e debole: era strano che qualcosa di così piccolo potesse uccidere un'intera relazione. Perché di fronte a me, non appena Daven iniziò a realizzare quello che stavo dicendo, riuscii a vedere il suo intero comportamento cambiare finché mi guardò come se fossi un'estranea e una nemica. «Penso davvero che siamo fuori dalla portata dei chip: dovrebbero essere letteralmente sul pianeta. Ma, a quanto pare, Katia ha detto qualcosa riguardo all'attivazione del suo chip, e poi è caduta.»

«Portiamola al Centro Medico» gridò qualcuno, e l'équipe medica caricò Katia su un hovercar e la portò via.

Rimasero diversi guerrieri, tra cui Daven e il Maestro Seke.

«Per tutto questo tempo, ci sono stati dei chip nei vostri cervelli che registravano tutto?» La voce di Daven era fredda.

«Non so se hanno registrato tutto. Sono abbastanza sicura che fossero programmati per registrare quando sentivano parole chiave come *Zandia, umani* e altre *cose.*»

«E i chip sono stati caricati da qualche parte?» La sua voce era insistente. «Pensa, Sia. Veloce.» Mi strinse più forte il braccio.

«Ahi!» Piagnucolai.

Mi lasciò cadere il braccio ma mi teneva impalata, trafitta dal suo sguardo. «Sia, hanno caricato?»

Scossi la testa. «Non credo. No, non se siamo fuori portata. Ne sono sicura.»

«Come puoi saperlo con certezza?» ruggì. «Avresti dovuto dircelo subito! Avremmo potuto metterti al sicuro. Mettere tutti al sicuro. Adesso siamo tutti a rischio!»

Trattenni le lacrime mentre mi si appannava la vista. «Mi dispiace. Mi dispiace tanto.»

«Per le *kazo* di stelle, potrebbero compromettere il nostro intero pianeta» scattò Seke. «Mettetele nella prigione dove possiamo bloccare qualsiasi trasmissione in entrata o in uscita. Subito.»

«Sì, comandante.» Daven mi fissò, ma la sua espressione era vuota. Non mostrava nulla. Nessun amore. Nessuna rabbia. Niente.

Oh, stelle. La mia peggiore paura si era avverata.

Per lui ero morta.

CAPITOLO QUINDICI

Daven

Tutto il mio corpo si trasformò in pietra. Stava succedendo. *Era successo di nuovo.*

Avevo riposto la mia fiducia in una femmina umana e lei ci aveva traditi tutti.

«Da quanto tempo lo sai?» chiesi, mentre afferravo il braccio di Sia, per portarla nei sotterranei.

Inciampò accanto a me. «Dall'inizio, quasi. In parte. Mi sono ricordata dei pezzi e poi li ho messi insieme con Flora. Non te l'ho detto perché temevo una cosa del genere. E l'avevo promesso a Flora fin dall'inizio. Se avessimo parlato, avremmo rischiato la morte istantanea tramite il chip.»

Il pensiero di quello che era successo alla loro amica Katia che stava succedendo a Sia mi spaccò il granito che sentivo nel petto per un momento.

Kazo, se le fosse successo qualcosa...

Ma non importava. Non potevo tenerla come mia compagna. Non dopo quello che aveva fatto. Perché non si fidava di me?

Sia continuò a spiegarsi. «Daven, temevo che il tuo re non

ci avrebbe permesso di restare. Oppure che avrebbe ordinato di distruggerci. Ma ho cercato di capire come fermarlo!» Mi guardò con uno sguardo implorante, ma io mi rifiutavo di guardare. «Te lo avrei detto non appena avessi scoperto di più. Ho imparato come far smettere di registrare e gliel'ho insegnato. Speravo che potessimo disattivarli completamente.»

«Chiaramente non l'avete fatto!» Sbottò. «Katia ne è la prova.»

«Io non...» Tremò, come se avesse freddo.

«Potreste aver ucciso la tua amica con il tuo silenzio, e aver messo a repentaglio tutte le altre- e noi...» Allargai un braccio. «Zandiani con le vostre bugie. *Kazo*, Sia.» Mi passai una mano tra le antenne. «Ci hai traditi tutti!»

«Mi dispiace, Daven. Ero spaventata. Avevamo paura di cosa avresti fatto se lo avessi saputo. E credevo davvero che non fossimo un rischio perché eravamo lontanissime da loro. Pensavo che avrei potuto escogitare un piano.»

Mi fermai e mi girai a fissarla. Credeva davvero alle parole che diceva?

«Tu, una donna umana senza risorse né libertà, avresti escogitato un piano da sola, qualcosa di meglio di quanto tutti i guerrieri e i ricercatori zandiani avrebbero potuto creare? Se ce lo avessi detto, avremmo pensato al meglio!» Ricominciai a camminare trascinandola accanto a me.

Dietro di noi, i guerrieri scortavano Flora, Alyza e Janae.

Il viso di Sia si contorse e sentii l'odore delle sue lacrime. «Mi dispiace.» Inciampò, probabilmente perché non riusciva a vedere a causa delle lacrime.

Kazo, quelle lacrime furono in grado di togliere un'altra crepa dall'involucro di pietra attorno al mio cuore.

«Daven, mi dispiace davvero tanto. Non sapevo cosa fare.»

«Tutto tranne questo sarebbe stato accettabile. Sia, ti ho

dato così tante possibilità di parlare con me. Di dirmi la verità. Non sono stato buono con te?» Avevo la mascella troppo tesa per parlare.

«Sì che lo sei stato» singhiozzò, facendomi male al petto. «Ma ero tanto spaventata. Non sapevo cosa fare. Non volevo perderti, Daven.»

Lottai tra l'impulso di stringerla contro di me e lenire il suo dolore e la consapevolezza che non ci si poteva mai fidare di lei. Non era una compagna adatta per me. Quando avrei imparato?

Dovevo rinunciarvi.

Marciammo verso le segrete in silenzio. Quando raggiungemmo le scale, la consegnai alla guardia sul posto.

«Portale in una cella di detenzione» ordinai. «Sono un pericolo per Zandia.»

«Daven, aspetta» gridò Sia, afferrandomi la tunica.

Mi liberai. «Non posso tenerti» le dissi, sforzandomi di mantenere la voce ferma. Il mio cuore era duro. «Non posso tenere una femmina che rappresenta un rischio per Zandia. Una donna di cui non posso nemmeno fidarmi. Non ti conosco nemmeno.» Lo ripetei, più piano. «Io non ti conosco.»

Mi girai e la spinsi verso la guardia. «Prendile adesso.»

Ogni passo che facevo per allontanarmi da lei diventava più pesante. Più duro da trascinare. Quando raggiunsi i gradini del palazzo, mi sentivo più pesante di una corazzata. Più vecchio della stella zandiana.

Diedi un pugno al vicino muro di metallo martellato abbastanza forte da lasciare un'ammaccatura. Luccicò al sole, facendomi infuriare ulteriormente. La mano mi fece appena male e anche questo mi fece arrabbiare. Volevo che facesse male.

I guerrieri vicini si voltarono e mi fissarono. Era insolito per uno zandiano provare grandi emozioni. Almeno, era stato così fino a quando gli umani non erano arrivati sul nostro pianeta, cambiando tutti noi.

A quanto pareva anch'io ero cambiato, ora.

Ma cosa ero diventato, se non rotto?

Tradito due volte?

Diedi di nuovo un pugno al muro.

L'avevo trattata bene. L'avevo onorata, mi ero preso cura di lei. Ero stato buono con lei. Perché avrebbe dovuto continuare a mentire? Fissai il terreno dove il vento aveva mosso la polvere secca formando vortici. Pensavo che stessimo facendo progressi. Pensavo che stesse iniziando ad essere onesta con me. Perché non avrebbe semplicemente dovuto parlarmi del pericolo che correva?

Risposi alla mia stessa domanda. Perché gli esseri umani erano creature con una doppia faccia. Tutti loro. E non ero stato abbastanza intelligente da capire che stava nascondendo qualcosa di così critico. Non ci ero riuscito. Di nuovo.

I ricordi dell'ultima volta in cui mi ero fidato di un'umana mi inondarono il cervello. *Kazo*, non avevo imparato nulla dal mio primo errore?

Adesso Zandia era a rischio e...

Ed ero senza compagna.

Sia non era più la mia compagna.

Kazo. Non sapevo come sarei sopravvissuto senza di lei.

CAPITOLO SEDICI

Sia

> *Non posso tenere una femmina che rappresenta un rischio per Zandia.*

Le parole di Daven risuonarono nel mio orecchio per il resto della rotazione del pianeta.

Non mi avrebbe tenuta. Non ero più la sua compagna.

Niente, nessun esito, avrebbe potuto essere peggiore di questo.

Nemmeno la morte a causa del chip.

Stavo solo cercando di tenerci in vita, ma se Daven avesse avuto ragione? Katia sarebbe potuta morire perché non avevo parlato? Perché avevo dato più valore alla promessa fatta a Flora che al mio impegno con Daven?

Non avevo ancora saputo se Katia respirava ancora.

La stanza in cui ero rinchiusa era più piccola di quella in cui avevo vissuto al mio arrivo, ed era fredda, probabilmente a causa dei materiali schermanti. Anche perché era sotterranea. Non era terribile, ma nemmeno carina, e anche se avevo una piattaforma per dormire con una copertura e c'era un piccolo bagno annesso, ero sola. E spaventata.

Il cibo mi era stato consegnato attraverso un buco nella porta ieri sera e stamattina, ma non avevo ancora visto alcun essere.

Bussai al muro, sperando magari di entrare in contatto con Flora, Alyza o Janae, ma il mio pugno non fece alcun rumore contro lo spesso cemento e mi arresi immediatamente, crollando sui cuscini e scoppiando in lacrime e singhiozzi.

Come era possibile che le cose fossero andate così male così in fretta?

Beh, le mie bugie non avevano aiutato, questo era certo.

Mi scervellai cercando di trovare un'idea su come sistemare le cose con Daven, ma non mi venne in mente niente.

Per prima cosa dovevo sistemare le cose con Zandia. Dovevo dimostrare che non eravamo una minaccia. Che ci si poteva fidare di noi. Che non avevamo tradito, né lo avremmo mai fatto, Zandia.

L'unico modo per farlo, a parte offrire le nostre vite affinché distruggessero i chip e con essi il nostro cervello, era che io andassi a Larew per disattivarli tutti.

Con tutte le mie forze mi concentrai sul chip e sui ricordi ivi conservati. Stelle, c'erano così tante cose che avevo registrato mentre mi allenavano e mi mettevano alla prova. Cose che nemmeno in un milione di cicli solari avrebbero lasciato sentire a una schiava come me, tranne che ci consideravano stupide e usa e getta. Probabilmente immaginavamo che saremmo morti in breve tempo. Forse erano semplicemente poco attenti.

Mentre sforzavo il mio cervello alla ricerca di qualsiasi cosa relativa a Larew, si sbloccarono tutta una serie di nuovi ricordi.

«Stelle!» sussultai. «Ricordo tutto!» Codici di accesso agli edifici del laboratorio, l'intera disposizione della struttura, i cambi di guardia. Avevo sentito tutto – e registrato chiaramente – mentre stavano lavorando su di me.

«Posso farlo!» Gridai tra me e me per l'eccitazione. «Posso far sparire tutto! So come disattivarci tutte dal pannello principale!»

Poi il mio cuore sprofondò. Anche se Daven, o chiunque altro qui, si fosse preso la briga di ascoltare i miei nuovi ricordi, difficilmente si sarebbero fidato di me adesso. Sarebbe stato pericoloso e sconsiderato recarsi a Larew solo per disattivarci tutte. Ora che Daven mi odiava, probabilmente avrebbe fatto una petizione per farmi bandire. Sicuramente nessun essere qui avrebbe corso il rischio di viaggiare su un pianeta nemico per questo!

«Daven!» urlai, anche se sapevo che non era vicino e nessuno poteva sentirmi attraverso le spesse mura della prigione. «Per favore, mi dispiace, e posso sistemare le cose!»

Sentii il segnale acustico di una serratura che si attivava e la porta si aprì di scatto. Saltai giù dal letto sperando, stupidamente, che fosse Daven. L'avevo evocato con le mie ferventi suppliche, in qualche modo?

Non era Daven.

Mi ci volle un momento per realizzare che l'essere che stava lì era la risposta alle mie preghiere.

Era meglio di Daven. No, non era vero. Niente sarebbe stato meglio di Daven, ma lei avrebbe potuto essere la mia risposta per ripristinare la fiducia di Daven in me.

Era Mirelle. L'unica pilota umana che avessi mai conosciuto.

Le volai incontro, abbracciandola come se fossimo vecchie amiche. Mi aspettavo quasi che mi spingesse via, ma non lo fece. Accettò l'abbraccio per qualche istante prima di districarsi dolcemente.

«Mirelle! Ho bisogno di te» sussultai.

«L'avevo immaginato» disse. Quando colse la mia espressione sorpresa, spiegò: «Hai menzionato qualcosa quando ci siamo incontrate.»

«Sì! Sì è vero. Ho bisogno del tuo aiuto. Io e le mie amiche siamo state modificate chirurgicamente. Abbiamo dei chip incorporati nei nostri cervelli. L'unico modo per disattivarli è raggiungere il centro di controllo su Larew. Il laboratorio dove lavoravo. Ero il tecnico di laboratorio. Ho assistito gli scienziati che hanno lavorato su questa tecnologia. So come disattivare i chip.»

Mirelle strinse gli occhi. «Se sapevi come disattivare i chip, perché non l'hai fatto prima?»

«Ci avrebbero uccise tutte! Non sono mai stata lasciata sola o incustodita. E non avevo fiducia in me stessa. Come potevo fare una cosa del genere?» Scossi la testa. «All'epoca non ero pronta a fare una cosa del genere.»

«Allora cosa ti fa pensare di poterlo fare adesso?» Mirelle incrociò le braccia e mi studiò con espressione calcolatrice.

Mi si strinse lo stomaco e il sudore freddo mi scoppiò tra i seni. «Io non lo penso. Ma devo provarci» gracchiai. «Non c'è altra opzione. Devo cercare di salvare le mie amiche e assicurarmi che Zandia sia al sicuro.»

«Come pensi di farlo?» Mirelle mi guardò negli occhi. «Non sei una guerriera o un'esperta di tecnologia. Come disabiliterai l'intero sistema?»

«Devo solo entrare nel laboratorio principale e raggiungere il pannello di controllo. So esattamente quali pulsanti premere sull'attivatore remoto e nella giusta sequenza. Posso fare una pulizia completa del programma. Insomma, so che possono rifarlo. Ma almeno noi, le umane che avete salvato, non saremo più contaminate o pericolose per voi. O per noi stesse.»

Mirelle mi guardava e basta.

«So che posso farcela.» La mia voce si rafforzò. «Posso dimostrarlo. Lascia che te lo mostri.» Con dita tremanti indicai la sua tavoletta olografica. «Posso disegnare una mappa del pianeta e degli edifici. Il mio cervello ha registrato tutto.»

La mia testa si bloccò mentre mi sforzavo di ricordare sempre di più. Ero diventata esperta nel leggere le cose registrate dal chip mentre ero in fase di addestramento, e ora era arrivato un nuovo ricordo.

«Mirelle! Conosco il codice per disattivare i sensori di movimento fuori dal laboratorio! E riesco anche a ricordare i codici di accesso per le navicelle che entrano nel pianeta.»

«Posso occultarmi. Non ne avrò bisogno. In ogni caso, sarebbero in contatto con qualsiasi navicella e saprebbero che non sono la benvenuta.» La sua voce era pensierosa, però, e per la prima volta pensai che stesse considerando di fare quello che le avevo chiesto. «Ma avere i codici per disabilitare i loro sensori è fondamentale. Altrimenti non potresti mai entrare nell'edificio senza essere scoperta.»

Annuii, speranzosa. «Posso farlo.»

Mi porse il tablet. «Mostrami quello che puoi.»

Annuii e feci un respiro profondo, poi iniziai a scrivere le cose che riuscivo a ricordare sull'allineamento del pianeta, sui protocolli di ingresso, sull'intera disposizione dell'edificio del laboratorio e sui codici segreti necessari da digitare nei pannelli di ingresso di ciascun laboratorio.

«I miei ricordi diventano sempre più forti quanto più faccio questo» mormorai, continuando a cifrare.

Quando ebbi finito, le passai il tablet. «Cosa ne pensi? Puoi arrivarci sana e salva?»

Mirelle fissò a lungo il tablet e poi me. Alla fine, annuì. «Va bene, Sia. Ti porterò a Larew.»

* * *

DAVEN

. . .

Dopo una notte insonne, mi ritrovai a bussare alla porta di Axe.

Quando non rispose, picchiai così forte da rompere la superficie metallica. Il dolore mi diede soddisfazione.

Tirai indietro il pugno per colpire di nuovo la porta quando qualcuno mi afferrò il braccio da dietro.

Mi girai con un ringhio e trovai Axe che mi guardava torvo.

Sembrava ancora più agitato di me. «Dobbiamo salvarle» ringhiò.

Mi fermai e sbattei le palpebre.

Mi aspettavo un rimprovero da lui. Mi aveva messo in guardia più e più volte dal fidarmi di queste femmine, eppure avevo scelto comunque di accoppiarmi con Sia.

Non avevo ascoltato.

Poi il mio cuore accelerò, andando al galoppo. *«Salvarle da cosa?»*

«Dalla cessazione. Il dottor Daneth potrebbe tentare un intervento chirurgico, che potrebbe ucciderle o lasciarle cerebralmente morte. Non possiamo lasciare che accada.»

Stavo correndo prima ancora che il mio cervello si attivasse. Axe mi afferrò il braccio e mi fece oscillare nella direzione opposta. «Sono al centro di comando e ne discutono con il re.» Accolsi l'informazione ed entrambi corremmo verso l'edificio che si profilava in lontananza, quello che Sia aveva ammirato tante rotazioni planetarie fa. «Ci stanno aspettando. Non hai ricevuto la convocazione perché non indossi le comunicazioni da polso.»

Aveva ragione. Avevo lasciato il mio domicilio senza. Era già un miracolo che io fossi riuscito a mettermi i vestiti e gli stivali.

Axe e io ignorammo le sentinelle mentre entravamo nella

sala riunioni. Faceva freddo dentro: le spesse mura emana-
vano freschezza anche se il sole mattutino era caldo.

O forse era il freddo che mi pizzicava la pelle. La paura
per Sia.

Re Zander non reagì quando entrambi ci inchinammo
prima di prendere posto.

Seke si schiarì la voce e il gruppo tacque. «Ora che Axe e
Daven sono arrivati, possiamo iniziare. Le femmine sono
isolate nella prigione in questo momento, protette con
barriere di piombo e codificatori digitali nel caso in cui i chip
stiano trasmettendo. Il dottor Daneth può informarci su ciò
che ha scoperto.»

L'espressione del dottor Daneth era tipicamente impassibile. «Non ho rilevato alcun segnale proveniente dalla testa
di Katia, né in entrata né in uscita.»

«È possibile rimuovere il chip?» chiese re Zander.

«È completamente intrecciato con la materia cerebrale.
Rimuoverlo significherebbe porre fine alla paziente.» Il
dottor Daneth parlò senza emozione e avrei voluto staccargli
la testa dal collo.

Perché Axe aveva ragione. Stavano discutendo di porre
fine alla vita delle nostre donne per tirare fuori i chip.

«Mio signore» disse Lón, un ingegnere zandiano. «Mi
sembra che dovremmo operare immediatamente tutte le
donne salvate, esaminare i loro cervelli e rimuovere quei
chip per sapere esattamente cosa stiamo affrontando.»
Guardò gli anziani nella stanza, verificando se fossero d'accordo. «Devo esaminare quella tecnologia per scoprire cosa
c'è nel chip e come funziona. Se gli ocreziani stanno inse-
rendo dei chip negli esseri umani, abbiamo il dovere, per
noi stessi e i nostri piccoli di saperlo, in modo da poterlo
decodificare e rimanere al sicuro. Non solo per ora. Per
sempre.»

Ci furono alcuni movimenti, ma nessun altro zandiano

disse una parola. Il cuore mi batteva forte contro il petto, le antenne si irrigidirono per la rabbia.

Lón continuò. «Se dobbiamo sacrificare una o tutte le femmine per saperne di più» alzò le spalle, «io, per esempio, credo che valga la pena perderle.»

«No!» Lo ruggii e mi ritrovai in piedi ancor prima di rendermi conto di essermi mosso. «Non sacrificheremo le femmine.»

«Potrebbero essere coinvolte in questa storia» disse Lón.

«Non lo sono» ringhiai, e all'improvviso ne fui sicuro.

Ero sicuro di Sia. Non stava collaborando con i suoi ex padroni per tradirci o ingannarci. Stava solo proteggendo la sua vita e quella delle sue amiche. Aveva paura proprio di questo risultato: che il nostro re avrebbe ordinato la loro morte in nome della sicurezza e della ricerca.

La compassione per la sua situazione mi colpì come un pugno allo stomaco. La mia dolce umana avrebbe potuto essere sezionata come una bestia da laboratorio. Non potevo permettere che accadesse.

«Erano schiave» ringhiò Axe. «Hanno tenuto la bocca chiusa per salvarsi la pelle. Non ho dubbi che, se avessero avuto scelta in merito – cosa che non hanno avuto e non hanno – la loro lealtà ricadrebbe su Zandia. Senza dubbio.»

«Nemmeno io» dissi.

«Potrebbe essere l'unico modo.» Anche Lon si alzò e mi venne contro. A pochi centimetri di distanza, potevo sentire il calore del suo respiro e vedere la rabbia che gli scintillava nello sguardo. «Vorresti che il nostro intero pianeta fosse compromesso? Dobbiamo fare ciò che è necessario.»

«Noi non uccidiamo inutilmente!» Ero pronto a mettergli le mani addosso.

«Silenzio.» Il re alzò appena la voce, ma il comando ci

fece gelare tutti. «Prendete posto. Ne discuteremo razionalmente.»

Lón e io ci affrontammo per un altro secondo prima che lui finalmente si sedesse. Anche io e Axe ci abbassammo.

«Dottor Daneth, per favore continua la tua indagine e cerca di preservare la vita dell'umana» disse re Zander. «Se muore, procediamo con l'autopsia e l'estrazione.» Rivolse la sua attenzione a Lón. «Lón, ho bisogno che tu determini se qualche informazione registrata dai loro chip è effettivamente riuscita a uscire dal pianeta.»

«Penso di no» disse Tral, un altro ingegnere. «Sono responsabile della sicurezza delle comunicazioni della base di partenza e non ho visto prove di trasmissioni illegali. Nemmeno una volta, nemmeno quando l'umana Katia ha avuto il malore.» Toccò il suo ologramma. «Cerchiamo regolarmente di intercettare qualsiasi trasmissione, qualsiasi cosa di interesse, e certamente non ho ricevuto nulla dal nostro pianeta. Naturalmente abbiamo la solita pletora di comunicazioni casuali da parte di mercantili e civili di passaggio, ma niente in uscita. Le umane hanno riferito di aver sentito le registrazioni attivarsi con determinate parole…»

«Forse hanno una nuova tecnologia che può nascondersi dai tuoi sistemi.» Lón era di nuovo in piedi, gesticolando. «Forse dovremmo considerare l'eliminazione delle umane a rischio.» Si guardò intorno. «Sto solo esprimendo quello che so che pensano gli altri zandiani.»

Gli avrei strappato le braccia dal corpo. Mi alzai, scoprendo i denti. Axe, che era proprio accanto a me, estrasse la spada.

Prima che potessi raggiungerlo, re Zander mi interruppe. «Adesso basta, Lón. Abbandona il consiglio.»

Lón ci lanciò un'occhiataccia cupa mentre usciva.

Axe ed io gliela restituimmo.

L'unità di comunicazione di re Zander emise un segnale

acustico e si attivò un ologramma con la testa e le spalle di uno dei comandanti delle segrete. «Mio Signore, una delle umane è scomparsa dalla sua cella» disse il comandante.

«Quale?» gridò re Zander.

«Sia. La femmina di Daven.»

La mia femmina. Sì, Sia *era* la mia femmina. La mia compagna. Come avrei potuto rinunciarvi? Aveva fatto solo quello che doveva fare per restare in vita.

Mi alzai in piedi per la terza volta.

«Come è riuscita a scappare?» La voce del re era concisa. Lo sguardo che mi lanciò, accusatorio.

Il cuore mi batteva dolorosamente contro il petto, i pugni stretti lungo i fianchi.

«Sembra che un'altra umana l'abbia liberata. Mirelle, la pilota.»

Il Maestro Seke alzò lo sguardo da una comunicazione che aveva ricevuto sul suo dispositivo da polso. «Ho appena saputo che loro due hanno lasciato il pianeta.»

CAPITOLO DICIASSETTE

S*ia*   «Preparati per l'iperguida.» La voce di Mirelle era calma mentre gestiva i controlli dal pannello del pilota.

Accanto a lei, con i palmi sudaticci per l'ansia, scossi la testa. «Sì. Va bene.»

Il velivolo era elegante e altamente tecnologico e non avevo familiarità con nulla.

Ci fu una strana pulsazione, come se tutto il mio corpo stesse rimanendo indietro e recuperando terreno, e il cuore mi batteva forte nel petto.

«La prima volta che lo provi da sveglia, è davvero scioccante per un essere umano.» Mirelle non mi guardava mentre le sue dita danzavano sul pannello, gli occhi concentrati sugli schermi olografici davanti a noi.

«A breve saremo nello spazio aereo di Larew. Sei pronta?»

Si girò a guardarmi. La sua faccia era seria. «Posso far atterrare il velivolo in modalità occultata e non ci vedranno,

Sia. Ma se entri in quel laboratorio, potresti non uscirne viva.»

Toccai la piccola arma laser che avevo in vita. Ne avevamo parlato mentre andavamo verso la navicella. Era stata una mia idea, Mirelle aveva capito che ero seria e probabilmente era stato questo uno dei motivi per cui aveva accettato di farlo.

«Se riesco a disattivare il pannello, lo farò. Se stanno per catturarmi, farò ciò che va fatto. Ti avviserò così potrai metterti in salvo.» Deglutii a fatica, ma la mia voce era calma. «Non ho paura.»

Sapevo come funzionava l'arma. Poteva vaporizzare un essere, soprattutto a distanza ravvicinata. Non volevo pensarci, ma ero disposta a sacrificarmi per le altre umane... e per Zandia.

Mirelle si avvicinò. «Ho fiducia in te, Sia. Puoi farcela.» La sua voce calma mi rasserenò.

«Farò del mio meglio.» La mia voce era forte adesso. La mia fiducia era tornata. «Devo. Lo devo a tutti voi. A Daven. A ogni essere su Zandia.»

«Sei più intelligente e forte di quanto tu possa immaginare.» Mirelle tornò al pannello. «Atterriamo adesso. Allacciati di nuovo le cinture, per favore.»

Mi appoggiai allo schienale della sedia, ma non pensavo ad altro che al laboratorio, anche se il velivolo toccò terra con un leggero sobbalzo.

«So esattamente come entrare e come inserire i codici di accesso» dissi a Mirelle. «È passata l'ora in cui gli esseri girano da queste parti, e la guardia non tornerà prima del sorgere del sole. Potrei semplicemente riuscirci.»

«Saranno furiosi con me per averti portata qui» disse Mirelle a bassa voce. «Ma il mio istinto mi ha detto che questa è la cosa giusta, Sia. E ho preso tutte le mie decisioni più importanti seguendo il mio istinto. È così che sopravvivo. Penso che i miei guerrieri capiranno. Almeno spero che lo facciano.» Mi prese la mano. «Stai attenta.»

Annuii. «Anche tu. Vattene immediatamente se mi prendono.»

Mirelle annuì, quindi eseguì una scansione dell'area tramite la sua capacità video remota. Eravamo atterrate dietro il boschetto di alberi davanti al laboratorio. Larew era un pianeta per lo più deserto; ora gli ocreziani lo usavano per la sperimentazione, e non era abitato tranne che per la colonia di sorveglianti e lavoratori.

«Questo è il posto migliore» le dissi. «È facile raggiungere il laboratorio e non è vicino al pozzo di lava.»

Mirelle arricciò il naso. «Perché hanno la lava su questo pianeta?»

«Non è proprio lava. È un buco aperto nel terreno pieno di sporcizia in fiamme. Lo usano come inceneritore di rifiuti. E per spaventare gli schiavi. Minacciano di gettarci lì se ci comportiamo male. L'hanno anche fatto.»

Cercai di respingere quei ricordi orribili. «Ma è dietro l'edificio dall'altra parte, e comunque la lava è tutta contenuta nella fossa di cemento.»

Mirelle controllò i suoi scanner. «Avevi ragione. È tranquillo e non ci sono esseri in giro. Ho appena usato il codice che mi hai dato per disattivare i sensori di movimento da remoto. Cerca di essere veloce, però.» Mirelle mi strinse il braccio.

Aprì il portellone del velivolo e mi permise di uscire, e scesi sul terreno erboso.

Iniziai subito a camminare. Quando mi girai, non riuscivo più a vedere la navicella. L'occultamento era impeccabile! Cercai di non preoccuparmi di ritrovarla perché in questo momento la mia unica attenzione era entrare in quel laboratorio e disattivare questi chip.

Era così strano essere di nuovo qui, e altri ricordi affiorarono. I dormitori, la mensa (davvero disgustosa rispetto a quello che mangiavamo su Zandia), le punizioni. Il laboratorio. La chirurgia. E, soprattutto, il pannello di controllo principale.

Ormai ero un essere diverso rispetto a quando vivevo qui. Il breve periodo trascorso su Zandia, il tempo trascorso con Daven, mi aveva completamente cambiata.

Ora sapevo che era possibile fare molto di più rispetto a quando ero qui. Avevo visto qualcosa per cui valeva la pena vivere. Qualcosa per cui valeva la pena lottare. Avevo visto umane in ruoli importanti, come Mirelle. Avevo visto umane felicemente accoppiate con famiglie. La forza di quelle umane mi era entrata nelle vene.

L'erba era morbida e un po' rugiadosa sotto i miei piedi: era una nuova esperienza. Non mi era mai stato permesso di andare in giro di notte. A parte questo, tutto sembrava uguale. Mentre mi avvicinavo all'edificio principale del laboratorio, le mie scarpe erano un po' umide e il cuore mi batteva forte. Ogni fibra del mio essere voleva tornare alla sicurezza della navicella di Mirelle e allontanarsi da qui.

Ma dovevo farlo.

Mi guardai intorno, annusando l'odore familiare del detergente acre che usavano nell'edificio, anche all'esterno. C'erano anche deboli sentori dell'aroma dei rifiuti bruciati nel lontano pozzo di lava che mi arrivava dalla leggera brezza che sussurrava. Quel profumo non mancava mai di terrorizzarci, ma respinsi quel pensiero.

Non c'erano esseri in vista da nessuna parte. Alzai una mano, esitai e digitai il codice per entrare nel laboratorio. «77477564» sussurrai a me stessa. «Il codice personale del mio vecchio padrone.»

Ci fu una breve pausa in cui non successe nulla e mi si rivoltò lo stomaco, chiedendomi se i codici fossero stati cambiati. *Naturalmente era così; come avevo potuto essere così stupida?* Poi la porta si aprì senza rumore ed entrai.

Ce l'avevo fatta. Ero qui.

All'inizio mi piegai in due e quasi vomitai. Le ginocchia erano deboli, riuscii a malapena a stare in piedi. L'odore dell'antisettico mi inondava il naso e i ricordi dei miei interventi chirurgici, il dolore, il terrore, mi travolsero.

Inciampai e caddi contro un muro vicino. Stelle, non potevo farlo.

Mi sentivo di nuovo piccola. Insignificante. Avevo paura per la mia vita.

Ma poi pensai a Daven. Toccai il cristallo che mi aveva incastonato nell'orecchio.

Non ero impotente. Non ero più una schiava qui.

Avevo la possibilità di vivere.

E dovevo assicurarmi di farcela. Dovevo assicurarmi che Katia, Flora, Alyza e Janae potessero farcela.

Mi costrinsi ad alzarmi e ad agitare le braccia e poi le gambe per controllare il nervosismo. «Non si può tornare indietro adesso», dissi in silenzio. Sapevo che era meglio non parlare ad alta voce, anche nel panico: i sensori di movimento erano disattivati, ma non riuscivo a emettere alcun suono. Chissà se qualche essere stava ascoltando? «Posso farcela.»

Le luci principali erano spente, ma quelle notturne erano accese, e comunque conoscevo la strada. Ero stata condotta lungo questo stesso percorso verso le mie operazioni ad ogni rotazione del pianeta.

I piedi scivolavano leggermente mentre camminavo ma riuscii a stabilizzarmi. La rugiada dell'erba aveva influito sulle mie scarpe più di quanto potessi pensare.

Percorsi il primo corridoio e inserii l'altro codice. La porta si aprì, come se mi invitasse ad entrare.

Ed eccolo lì, in fondo alla stanza: il pannello di controllo principale. Il mio obiettivo era in vista!

Possibile che fosse così facile?

Mi affrettai verso al pannello.

I pulsanti erano retroilluminati in verde chiaro e la schermata di immissione olografica lampeggiava in blu. Il mio padrone aveva inserito il codice più volte e lo ricordavo perfettamente.

«Inserisci il codice di emergenza» mi dissi e cercai di tenere ferme le dita. «Un tentativo sbagliato e farai scattare l'allarme.»

Feci un respiro profondo e poi inserii il codice, quello che non avrei dovuto conoscere. Quello che nessuna schiava avrebbe dovuto conoscere. Quello che avevo in mente solo perché la stessa tecnologia che avevano installato nelle nostre teste ci aveva permesso di registrare le cose mentre lavoravano su di noi.

Si sentì un leggero segnale acustico e lo schermo si illuminò. *Protocollo di emergenza attivato. Sei sicuro di voler procedere? La continuazione può comportare la disattivazione dell'intero protocollo del progetto Alfa.*

Premetti: *Sì. Procedere.*

La scelta successiva: *Disattivazione individuale o intero progetto?*

Selezionai: *Intero progetto.*

La serie di opzioni sull'ologramma di fronte a me: *Disattiva tutti gli schiavi Alpha One* o *Stermina tutti gli schiavi Alpha One.*

Premetti immediatamente *Disattiva tutti.*

Ci fu un segnale acustico e un ronzio. Le luci nella stanza si accesero all'improvviso e suonò un allarme.

Stelle! Cosa stava succedendo?

Un altro comando venne visualizzato sullo schermo.

Verifica Disattiva tutto sul dispositivo remoto.

Stelle. Dispositivo remoto? Questo era decisamente nuovo. Non l'avevano mai avuto prima!

In preda al panico, mi guardai intorno nella stanza. Dove e qual era il dispositivo remoto di cui avevo bisogno? Doveva essere tutto proprio qui, su questo pannello! L'avevano cambiato.

Non ci sarei riuscita.

Si sentirono voci che gridavano e passi, e all'improvviso due guardie irruppero nella stanza.

«Alt!»

Avevano le armi alzate, puntate contro di me.

Incapace di muovermi, restai in piedi e le fissai.

«È una schiava!»

«Come ha fatto a entrare qui?»

«Prendila. Portiamola dal comandante.»

Delle braccia forti mi afferrarono, torcendomi forte, e urlai di dolore.

Prima che potessero spostarmi, però, una voce familiare attraversò la stanza.

«Qual è? È una delle Alpha scomparse?»

Era il mio vecchio padrone.

«Liberatela» ordinò alle guardie. «Fatemi vedere il suo viso. Ho bisogno di esserne sicuro.»

Mi afferrò il mento con la mano verrucosa. «Sembri diversa.» Mi fissò. «Ma sei tu. Sia. Dove eri? Chi ti ha presa? Pensavamo che foste tutte morte.»

Non risposi.

Lui se ne stava di fronte a me. «Sei tornata e sei riuscita in qualche modo ad accedere al pannello?» Era irritato e sorpreso. «Ma non è andata bene, come puoi vedere. Perché devi verificare i comandi anche qui.» Diede una pacca su un dispositivo appeso alla sua vita. «Ho deciso di rendere le cose più sicure, dopo che abbiamo perso il tuo lotto, vedi.»

Si avvicinò. «Tuttavia non è esattamente un peccato. In

effetti, è un vantaggio. Devi essere stata in un posto piuttosto interessante. Magari con qualche zandiano? Non vedo l'ora di estrarre quel chip e scoprire cosa hai sentito e visto.» Alzò la voce allegra. «Lo faremo immediatamente. Portatela all'infermeria.»

Era finita. Se fossero riusciti a prendere il chip, non solo sarei morta, ma avrei messo a repentaglio l'intero pianeta Zandia e tutti coloro a cui tenevo. Non potevo lasciare che ciò accadesse. Non sapevo cosa avesse registrato il mio chip prima di capire come fermarlo, e anche una singola visione o un'informazione avrebbero potuto essere sufficienti per far infuriare gli ocreziani abbastanza da spingerli ad attaccare Zandia.

Avevo bisogno di fare qualcosa. Dovevo sistemare questo problema. Finirlo.

Prima che potessero prendermi, mi mossi. Presi la pistola da sotto la tunica e mirai alla prima guardia. Premetti il grilletto.

Cadde a terra, violentemente, rimbalzando con la testa e schizzando sangue, e io mirai alla seconda prima di poter pensare. Colpii anche lui, ma lo shock fu così sorprendente che feci cadere la pistola. Stelle!

Il mio padrone ruggì e afferrò la sua arma, ma non era una guardia, era uno scienziato. I suoi riflessi erano lenti. Mentre mi si avvicinava, scivolò leggermente sulla scia di sangue viscoso lasciato dalle guardie morte.

Mi fornì il momento di cui avevo bisogno e ne approfittai. Afferrai il dispositivo che aveva in vita, lo presi in mano, mi girai e corsi.

Se solo fossi riuscita a tornare da Mirelle, sarei stata al sicuro. Saremmo stati tutti al sicuro!

Riuscii a uscire dall'edificio, scivolando all'impazzata, incerta se fosse per la rugiada residua o il sangue delle guardie o entrambe le cose che mi facevano sbattere contro i muri e scivolare.

Ma la navicella era troppo lontana e il padrone era già dietro di me, urlando il mio nome.

«Sia!» Urlò e sentii un'esplosione di laser che mi sfiorava la pelle, del calore che mi sfiorava la guancia. Aveva mancato il bersaglio, ma la prossima volta non lo avrebbe fatto. Se mi avesse presa, avrebbe avuto il mio chip.

«Lascia perdere!» gridò. «Se ti fermi adesso, non ti torturerò prima di ucciderti.»

Sparò ancora, e questa volta mi colpì il lato della gamba. Il bruciore fu travolgente e tutto il mio cervello si svuotò di energia statica mentre cercavo di restare in piedi, senza riuscirci.

Urlai di dolore e panico, inciampai e caddi. Era quasi sopra di me.

Riuscii ad alzarmi e a continuare a correre, ma i polmoni mi bruciavano e il mio corpo era lento. Mi sentivo sanguinare, sapevo che probabilmente presto sarei andata in shock. Ed era chiaro che non sarei mai riuscita a sfuggirgli. Se solo fossi riuscita a trattenere quell'arma! Ma non l'avevo fatto.

Avevo bisogno di aiuto.

Ma no. L'aiuto non sarebbe arrivato. Mirelle aveva detto che non avrebbe lasciato la navicella e sapevo che era un'umana che manteneva la parola data. Non avrei voluto che si mettesse in pericolo.

Ero qui sola. Dovevo prendere una decisione.

L'odore del pozzo di lava mi colpì le narici e vidi l'inquietante bagliore arancione del suo fuoco, che emetteva rivoli di luce malata nell'oscurità.

Corsi verso la fossa e, mentre lo facevo, il dispositivo che avevo in mano emise un segnale acustico.

«Conferma disattiva tutto» intonò una voce. «Premere *Sì* per disattivare tutto.»

Ma non potevo fare altro che correre e cercare di schivare i colpi laser.

«Conferma disattiva tutto» ripeté il dispositivo. «Se la conferma non viene data entro cinque secondi, il comando verrà rifiutato.»

Stelle! Dovevo farlo.

L'odore di materiale bruciata divenne più forte e mi fermai: ero sull'orlo.

«Sia!» Il mio vecchio padrone mi stava alle calcagna. «Dammelo. Subito.»

C'era del panico nella sua voce. Perché non mi sparava?

Oh!

Avevo capito. Se lo avesse fatto, sarei caduta nella fossa, portando con me il dispositivo... e il mio cervello. Le due cose di cui aveva bisogno.

«Fermo!» urlai, sollevando il dispositivo. «Oppure salto.»

Tutto improvvisamente rallentò.

Il tempo sembrava ondeggiare davanti a me.

Il mio tempo era quasi scaduto, ma mi sentivo come se avessi tutto nelle mie mani.

Con dita tremanti premetti il pulsante lampeggiante *Disattiva tutto*.

Ci fu una strana sensazione ronzante nella mia testa, e poi... il nulla. Come se il chip avesse davvero smesso di funzionare.

Ma il mio padrone poteva comunque ottenerne immagini e registrazioni? Non sapevo esattamente se "Disattiva tutto" significasse spegnere completamente e cancellare i vecchi ricordi o semplicemente spegnere.

Non potevo correre il rischio.

Guardai indietro poi nella fossa.

C'era solo un modo per essere sicura di poter tenere al sicuro Daven – e Mirelle – e tutti gli esseri su Zandia.

Feci un respiro profondo.

* * *

DAVEN

«Più veloce!» esortai, mentre Axe pilotava abilmente la nostra navicella ammantata per atterrare accanto a quella di Mirelle. Era nascosta dai nemici, ma non da noi. Quando poco fa ci aveva inviato il segnale di emergenza, eravamo già in viaggio per Larew. In precedenza, aveva trasmesso un messaggio dicendo dove stavano andando e cosa avrebbe fatto Sia e aveva richiesto rinforzi.

Aprii la scheda di comunicazione ma prima che potesse parlare, Domm, uno dei padroni e compagni di Mirelle, esclamò: «Mirelle, a che cavolo stavi pensando?» Lui e Lanz, l'altro suo compagno e padrone, si erano uniti al nostro volo per assicurarsi che la loro umana fosse al sicuro.

Il nostro schermo olografico mostrò la sagoma della sua navicella dietro il boschetto di alberi, e i nostri scanner ci mostrarono la disposizione del pianeta, per lo più edifici. Ero agitato per Sia, ma non vedevo esseri da nessuna parte nelle nostre vicinanze.

La voce di Mirelle era uniforme e chiara nelle nostre comunicazioni. «Stavo pensando che avrei potuto aiutare a salvare più esseri umani. Forse anche Zandia. Ma Sia è nei guai, Daven. L'ho sentita per un po' attraverso le comunicazioni, ma il ricevitore deve essere caduto. È stata inseguita e potrebbe essere stata catturata. Devo dirtelo...» si interruppe.

Il cuore mi batté dolorosamente contro il petto.

«Ha intenzione di sacrificarsi se si presenta la necessità.»

«No!» La parola mi scappò dalla gola. «Non lascerò che accada. Axe, dobbiamo trovarla.»

«Lo so» disse Mirelle. «Volevo aiutarla, ma non potevo rischiare di abbandonare la navicella.»

«Certo che no, *kazo*» mormorò Lanz, già correndo dalla navicella verso Sia. Domm era proprio dietro di lui.

Axe ed io prendemmo le nostre armi e corremmo anche noi via dal velivolo. Non avevo familiarità con la disposizione del pianeta, ma una volta che ci avvicinammo agli edifici, sentii delle voci.

Mirelle ci parlava attraverso l'unità di comunicazione. «Ho spento tutti i sensori e le telecamere utilizzando i codici che Sia ha ricordato, e posso guidarvi. Andate a sinistra, poi a destra, venti passi fino all'edificio grigio e piatto. Penso che ci siano loro dietro. Veloci.»

Corremmo, ma una volta arrivati nel luogo indicato da Mirelle, rallentammo il passo e sbucammo da dietro l'angolo di una struttura piatta e grigia che sembrava un dormitorio.

In lontananza, non troppo lontano, c'era un bagliore giallo-arancione e avvertivo calore. *Kazo*, quello era un enorme pozzo del fuoco?

Con mio orrore, c'era una piccola figura proprio sul bordo.

Sia!

Era insanguinata e sembrava debole, e teneva qualcosa in mano, un dispositivo tecnologico.

Un ocreziano era a pochi metri da lei, con l'arma puntata, ma non la stava usando. Invece, la implorava mentre si avvicinava. «Ascolta, Sia, sei intelligente. Dammi il dispositivo e ti promuoveremo. Non lavorerai più nei laboratori. Potrai scegliere! Lavoratrice agricola, schiava del piacere? Scegli tu. Puoi anche portarti un'amica.»

Gli ocreziani non erano noti per la loro empatia o la loro buona predisposizione, e stava chiaramente mentendo. La sua voce non aveva nemmeno una traccia di dolcezza, anche se lei non ci avrebbe creduto comunque. La mia Sia era troppo intelligente per questo.

Per una frazione di secondo, la memoria mi tornò alla

mia prima umana, quella che mi aveva tradito. Ma questa era diversa. Sapevo che Sia non era così. Non era qui per tradire noi zandiani. Non mi aveva chiesto di seguirla. Qualunque cosa stesse facendo, era un tentativo di aiutare.

«Vuoi un dormitorio più grande? Non useremo più lo shock stick su di te, te lo prometto.» Allungò una mano.

«Stai lontano!» gridò Sia. «Lo lascio cadere, lo giuro.» Sanguinava e vacillava. Avevo il terrore che cadesse in avanti nel fuoco, sembrava così instabile mentre tendeva il braccio, facendo dondolare il dispositivo tra le dita sul fuoco.

«Sono il tuo padrone, Sia. Sicuramente la lealtà che abbiamo costruito in te è ancora lì. Questo è un ordine diretto. Vieni da me adesso e passami il dispositivo.» Adesso stava ringhiando, era abbastanza vicino da afferrarla. Avrebbe provato qualsiasi cosa per ottenere il suo bottino.

«Mai. Non ti permetterò mai di prendere il mio chip.» Lo fissò. «Preferisco morire.»

Lui si avvicinò ancora di più e la raggiunse.

Lei lo guardò, poi guardò la fossa, e capii cosa avrebbe fatto. Si sarebbe sacrificata, in modo che lui non potesse accedere al suo chip.

«No!» urlai a squarciagola.

Sorpresi, si voltarono entrambi e io mi misi in posizione per sparare. Con una mira perfetta, potevo far esplodere la mia arma laser nel cuore del suo vecchio padrone e poi nella sua testa.

Ma non ne ebbi bisogno. Sia si allungò e diede una forte spinta al suo vecchio padrone, che vacillò e gridò sul bordo della fossa.

Sia ebbe abbastanza buon senso da saltare indietro mentre il suo corpo oscillava e sbandava, apparentemente impiegando un'eternità, per poi cadere nella fossa.

Le fiamme divamparono mentre gli avvolgevano il corpo, poi ci fu silenzio.

Corsi da Sia e la presi tra le mie braccia. Solo la sensazione del suo corpo piccolo e fragile contro il mio mi fece venire voglia di cadere in ginocchio per ringraziare le stelle.

«Sia! Sei al sicuro. Stai bene.» Non riuscivo a crederci.

«Daven» disse meravigliata.

La tirai più lontano dal bordo dell'orribile buco. «Vieni, dobbiamo tornare immediatamente alla navicella.»

Axe mi dava le spalle, arma in mano, in cerca di altre guardie. Era stranamente silenzioso, finché non sentii delle urla sommesse in lontananza. «Dobbiamo andarcene via da qui, *kazo*» ringhiò Axe. «Prima che qualunque altro essere ci veda.»

Sollevai Sia e mi investì una sensazione di déjà vu. Era quasi come quando tutto era iniziato. Solo che questa volta lei significava per me più di quanto avrei mai potuto immaginare.

«Daven, cosa ci fai qui?» La voce di Sia si incrinò, ma non riuscivo ancora a rispondere. Prima dovevamo tornare alla nostra navicella.

Non ci volle molto prima che fossimo al sicuro dentro il velivolo. Comunicai con Mirelle. «Pacco recuperato. Partiamo immediatamente.»

«Ci sono, avviate voi» rispose, e Axe avviò il veicolo.

In pochi istanti, ci sollevammo da terra e poi ci lanciammo tra le stelle, lontano da Larew, dove avevamo lasciato almeno un ocreziano morto e un mistero che non gli sarebbe piaciuto una volta che avessero indagato. Ma l'unico ocreziano che aveva visto gli zandiani, il vecchio padrone di Sia, era morto. Mirelle aveva spento da remoto i loro sensori e le loro telecamere, quindi idealmente non avrebbero avuto la minima idea di chi era entrato e aveva rovinato il loro laboratorio, anche se avevano dei sospetti. Ma in questo momento non riuscivo a concentrarmi su come gestire la cosa. Tutto ciò che mi interessava era Sia.

Cullai Sia in grembo, non volendo nemmeno metterla giù. Applicai dei cerotti curativi sulla ferita sulla sua gamba, che, grazie *kazo*, sembrava superficiale. Le somministrai del liquido.

«Daven.» Corrugò la fronte per la preoccupazione. Mi scrutò il viso.

«Shh, piccola umana. Sei al sicuro. Stiamo tornando a Zandia. Casa tua.»

Si rilassò tra le mie braccia, appoggiandomi la testa sulla spalla.

«Cosa è successo laggiù, Sia?»

Sbatté le palpebre, poi mi fece un sorrisetto. «Ce l'ho fatta. Ho fatto quello che ero venuta a fare.»

«E cioè cosa?» Le asciugai la fronte, rimuovendo macchie di sangue e sudore. «Perché sei tornata a Larew? È dove sei stata fatta schiava. Cosa pensavi di fare?»

«Ho ricevuto informazioni dal mio chip, Daven. Mi sono ricordata come annullare l'intero progetto Alpha! E l'ho fatto.»

Mirelle me l'aveva detto, ma mi piaceva sentirlo dire da Sia. Vedere l'orgoglio della mia coraggiosa piccola compagna. «Come, mia dolce femmina?»

«Ho disattivato tutte noi schiave del progetto Alpha e ora i nostri chip sono completamente inattivi. Siamo al sicuro, e così anche Zandia. Non vi faremo del male, mai.»

La strinsi al petto. «Perché non ci hai detto che potevi farlo?»

«L'ho capito solo durante questa rotazione planetaria. Quando ero in cella, me ne sono ricordata. Sapevo che non mi avresti mai creduto. E nemmeno Seke. E nemmeno il re. Non dopo che avevo mentito così tanto per così tanto tempo.»

Non aveva torto. Tutto ciò che aveva detto dopo essere stata imprigionata sarebbe stato preso con grave sospetto. E probabilmente avrebbero sacrificato alcune o tutte le umane, invece di cercare di disattivarle, soprattutto se Marx avesse avuto qualcosa da dire al riguardo. Mi spiegò come aveva ricordato tutte le informazioni del chip e come aveva disegnato layout e codici per Mirelle e l'aveva convinta a portarla a Larew. Come Mirelle aveva approvato il piano perché sentiva d'istinto che era giusto, e il suo istinto non sbagliava mai.

Aggiunse: «E poi l'unica umana in grado di aiutarmi è venuta a trovarmi nella mia cella. Ho spiegato la situazione a Mirelle, e lei era disposta a portarmi a Larew. Per favore, non punitela. È stata tutta una mia idea. So che sembra folle, ma avevo un piano. Mi sarei eliminata se ci fosse stata la possibilità che mi prendessero.»

Il cuore mi batteva forte e non riuscivo a parlare. La mia dolce umana aveva pianificato di eliminarsi. Avrei potuto perderla, non solo per colpa degli ocreziani, ma per sua stessa scelta.

La sola idea mi uccideva.

«Mi sarei buttata in quella fossa piuttosto che lasciargli prendere il chip. Non avrei lasciato che lo prendessero. Né il chip né me se ci fosse stata la possibilità che contenesse informazioni su Zandia.»

Kazo.

«L'ho visto.» Mi tremò la voce. Ora capivo cosa significava essere cambiati da un'umana. Provare emozioni. Amare. «Sono contento che tu non l'abbia fatto» dissi con voce strozzata. Le parole non riuscivano a comunicare la profondità dell'orrore che avevo provato quando avevo pensato di perderla per sempre.

Continuò «e ho il suo dispositivo remoto. I tuoi ingegneri possono studiarlo per saperne di più su ciò che hanno creato.» Stava ancora stringendo qualcosa in mano e me lo diede. Era viscido per il sangue e il sudore, quindi lo presi e lo porsi ad Axe; lasciai che se ne occupasse lui.

«Lo ricostruiranno, meglio e più forte, ma almeno saprete cosa stanno facendo. Possiamo stare un passo avanti. O, insomma, tu puoi farlo» balbettò.

Le presi il viso tra le mani. «Possiamo farlo.»

«Tornerò in prigione? O…. verrò mandata via?»

«No» dissi. «Non succederà.»

Non spettava a me fare una promessa del genere, ma sarei morto prima di permettere a qualsiasi essere di fare del male a Sia. Se re Zander l'avesse mandata via, me ne sarei andato anch'io. E di sicuro non l'avrebbero vivisezionata, questo era certo.

«Daven, mi dispiace tanto per tutto. Per le bugie. Per non averti detto del chip fin dall'inizio. Spero che tu capisca che sentivo di non avere scelta. Mi sentivo come se, se te l'avessi detto, sarei morta. Ma ho fatto la cosa giusta. Li ho disattivati tutti, quindi non possiamo farvi del male. Anche se il tuo re decide di… sbarazzarsi di noi» rabbrividì, «almeno ho rimediato al mio errore.» Le feci scorrere le nocche sulla guancia. Le baciai i capelli scuri. «L'hai fatto, dolce umana. Dispiace anche a me. Non avrei dovuto credere che ci avresti tradito. Sentivo che non l'avresti fatto, ma l'enormità di ciò che hai rivelato mi ha colpito allo stomaco.»

Si alzò e mi toccò il viso, curvando il piccolo palmo intorno alla mia guancia. «Ti è già successo prima» disse dolcemente. «Lo so. Non avrei mai voluto ferirti in quel modo di nuovo, ma so che l'ho fatto. Ho condiviso con te tutto quello che sentivo di poter dire e sono comunque rimasta in vita. È stata una linea orribile da percorrere.» Scossi la testa. «Capisco perché hai tenuto nascosta tutta la verità. Le vostre vite dipendevano dal vostro segreto. Non potrei mai biasimarti per questo.» Le sollevai il mento e le sfiorai dolcemente le labbra. «Ti amo, dolce umana. Non voglio perderti mai più.» Le lacrime le riempirono gli occhi. «Significa che sono ancora tua?»

La baciai di nuovo, questa volta più forte. Un bacio di rivendicazione. Il tipo di bacio che le faceva ricordare che mi apparteneva completamente.

Rispose, avvolgendomi un braccio sottile intorno al collo, sollevando l'altra mano per afferrare una delle mie antenne.

Il cazzo e le antenne divennero subito duri come la roccia.

«Esatto, Sia.» Ora ringhiavo. «Sei mia. La mia compagna da padroneggiare. La mia compagna da riproduzione. La mia compagna da cui esigere obbedienza completa.» Feci scorrere la bocca aperta lungo il lato del suo collo, poi le diedi un leggero morso.

«Mmm.» Fece un verso felice.

«E non pensare che non ci saranno conseguenze per aver rischiato la tua vita.» Misi abbastanza calore nella mia minaccia da farla gemere. «Quel tuo bel culo sarà dolorante per giorni.» Le presi il seno e lo strinsi. «Ma ti prometto che ne amerai ogni minuto.»

CAPITOLO DICIOTTO

S *ia*

Avevo vissuto tutta la mia vita su Larew, eppure tornare a Zandia era come tornare a casa. Soprattutto con Daven che stringeva la mia mano nella sua. Mi prese tra le sue braccia prima di portarmi oltre la soglia del nostro domicilio.

Axe si era offerto di occuparsi del debriefing una volta atterrati, in modo che Daven potesse portarmi direttamente a casa.

Perché ora avevo una casa. Era con Daven. Su questo bellissimo pianeta, con questi esseri coraggiosi e onorevoli, sia zandiani che umani.

Dagli occhi iniziarono a scendermi le lacrime per la bellezza della prospettiva.

Daven si immobilizzò quando le percepì. «Hai paura della tua punizione, piccola?»

Sorrisi e scossi la testa. «No, padrone. Sono felice.»

Aggrottò la fronte. «Sei felice, quindi piangi?»

Risi tra le lacrime. «Sì. È un modo di liberare le emozioni. A volte gli umani piangono quando sono felici.»

Aggrottò la fronte e si diresse verso il tubo del lavaggio sulle sue lunghe gambe. «Ti rendo felice, dolcezza?»

«Sì, padrone.»

«Quanto felice?»

Mi rimise in piedi fuori dal tubo e mi sfilò la veste insanguinata, poi si tolse la tunica e i pantaloni.

«Felicissima.» Gli misi le braccia intorno al collo per tirargli giù la testa, mi alzai in punta di piedi e sollevai il viso verso il suo.

Mi fece camminare all'indietro nella vasca mentre le nostre labbra si incontravano. La porta si chiuse con un sibilo e l'acqua iniziò a riempire il tubo, ma me ne accorsi a malapena perché Daven mi stava dando il bacio della vita. Era passionale e duro, come il cazzo che spingeva contro la mia gabbia toracica.

Mi infilò un avambraccio sotto il culo e mi sollevò per permettermi di avvolgere le gambe intorno alla sua vita. Mi premette contro la parete della vasca per far scivolare la lingua tra le mie labbra. Gemetti nella sua bocca. E ancora di più quando il cazzo trova la tacca tra le mie gambe.

Il contatto della sua pelle liscia contro le mie parti più sensibili mi rese avida di altro.

«Ti prego, padrone» piagnucolai.

«Lo vuoi?» ringhiò, strofinando la grossa cappella contro la mia entrata.

«Sì, per favore.»

Lui si spinse dentro, facendomi sussultare di piacere. Per l'intensità.

«Grazie, padrone.» Avrei quasi voluto piangere di gioia di nuovo. Amavo questa sensazione, non solo il piacere fisico, ma ciò che significava. Il mio padrone che si divertiva con me. Che mi rivendicava come sua compagna. Forse come riproduttrice persino.

«Non devi ringraziarmi, piccola.» Daven mi inchiodò al

muro e spinse, con le dita distese sul mio culo per tenermi in posizione. «Questo è per il mio piacere. E scoparti diventerà un mio dovere, per Zandia.»

Ero senza fiato. Calda. L'acqua che ci arrivava fino alla vita ora, ci inghiottì. «Per Zandia?» Ansimai, confusa.

L'acqua mi salì fino al seno, poi alle spalle.

«Esatto.» Daven mi sorrise. «Per ripopolare il nostro pianeta.»

L'acqua mi arrivò al mento. Quando gli sorrisi, mi entrò in bocca e dovetti chiuderla velocemente mentre stringevo gli occhi per immergermi completamente.

Lui *aveva intenzione* di mettere un piccolo in me. Saremmo stati una famiglia, come quella dolce famiglia che avevo incontrato fuori dalla clinica.

La gioia mi investì così forte che pensai di scoppiare. Quando l'acqua iniziò a prosciugarsi rapidamente, risi. Piansi. Mi slanciai contro Daven con il mio primo orgasmo.

Lui ringhiò quando i miei muscoli si strinsero intorno al cazzo. Nel momento in cui l'acqua era defluita sotto la nostra vita, iniziò a martellarmi con colpi punitivi.

L'acqua sulla nostra pelle rendeva il movimento ancora più glorioso e mentre l'aria calda soffiava su di essa per asciugarci, e Daven ruggì il suo rilascio.

«Sì, per favore» balbettai, piena gratitudine per la meraviglia di tutto ciò che la mia vita era diventata. «Grazie, padrone. Grazie.»

Daven appoggiò la testa contro la mia. «Mi dai piacere, piccola. Tantissimo.»

«Grazie, padrone» sussurrai di nuovo. «Sono così felice di essere tua.»

«Sei mia. Per sempre, Sia. Non permetterò che accada nulla a te o alle tue amiche. Non importa cosa» promise.

Certo, lo capivo. I nostri destini non erano ancora stati decisi. Eravamo tutte soggette al re qui.

Ma sapere che Daven mi avrebbe protetta teneva a bada ogni ansia. Ora avevo un padrone. Un compagno. Era tutto ciò che contava per me.

* * *

Daven

«È il momento della tua punizione, piccola.»

Avevo curato le ferite di Sia e le avevo dato da mangiare. Axe mi aveva fatto sapere che il debriefing era andato bene. Katia si era ripresa non appena i chip erano stati disattivati.

Mirelle, Lanz e Domm erano tornati sani e salvi e avevano fatto rapporto. Dovevo supporre che anche i due guerrieri stessero amorevolmente prendendo in carico la loro femmina in questo momento.

Ero soddisfatto che Sia sembrasse eccitata e vigile, ma non particolarmente spaventata. Si fidava di me. Le piaceva sottomettersi a me, proprio come avrebbe dovuto essere.

Presumevo che questo fosse il motivo per cui le umane erano così compatibili con la nostra specie. Questo legame sessuale rendeva le relazioni così intensamente soddisfacenti per entrambe le specie. La stessa debolezza che aveva reso le umane ideali per la schiavitù da parte degli ocreziani le rendeva cittadine di Zandia assolutamente perfette.

Una volta legate, erano ferocemente leali. Donavano all'infinito. Perfettamente allineate con il bene del pianeta.

Almeno era così che la vedevo ora.

Prima di Sia, non ne ero così sicuro. Soprattutto dopo Illiana.

Ma mi aveva mostrato ciò che gli altri zandiani accoppiati avevano giurato essere vero: le femmine umane erano state fatte per noi.

La misi in piedi di fronte a me. Lei congiunse le mani davanti a sé e abbassò lo sguardo.

«No, guardami.» Le separai le mani, così da poter vedere la sua bella figa.

Sollevò il mento per guardarmi negli occhi.

«Mia bella femmina» dissi tubando, accarezzandole un braccio con il palmo mentre l'altro scivola sul suo fianco.

Sentii la sua eccitazione quasi immediatamente, un profumo inebriante che mi fece ispessire e pulsare le antenne.

«Sarai punita per aver messo a rischio la tua vita su Larew.»

«Sì, padrone» sussurrò, dolce come il miele.

Mi alzai e tirai un grande poggiapiedi quadrato e imbottito al centro della stanza. «Sali a cavalcioni e sdraiati» le ordinai.

Obbedì, presentandomi un bersaglio perfetto e bellissimo per la mia mano. Le natiche erano divaricate all'estremità dello sgabello. Le tette premevano contro l'estremità opposta, così la testa le pendeva.

Le diedi una pacca con la mano su un lato del culo.

Lei ansimò, ma restò immobile.

La guardai mentre l'impronta della mia mano sbocciava sulla sua pelle olivastra.

Riservai lo stesso trattamento all'altra natica, poi iniziai a sculacciarla sul serio, alternando destra e sinistra finché non ansimò e piagnucolò.

«Brava ragazza» mormorai. «Stai prendendo benissimo la tua punizione.»

«Grazie, padrone» piagnucolò.

Mi tirai indietro per ammirare la mia opera. Il suo culo aveva assunto un colorito roseo. Ero indeciso se usare la cinghia o scoparle il bel culo. Sembrava troppo invitante in questa posizione per lasciarmi sfuggire l'occasione.

Mi sarei accontentato di una breve sessione cinghia prima di scoparle il culo.

«Unisci le gambe e scivola in avanti in modo che le tue mani tocchino il pavimento» ordinai.

Fui soddisfatto quando obbedì senza lamentarsi.

Presi la cinghia. «Ti darò dieci colpi, e poi ti mostrerò dove vieni scopata quando sei stata cattiva.»

Emise un verso incomprensibile.

Abbassai la cinghia con uno schiocco, proprio in mezzo alle sue natiche.

Strillò.

Massaggiai via il bruciore, poi le diedi un altro colpo. «Ti metterai di nuovo a rischio, piccola umana?»

«No, padrone!» gridò, sollevando un piede.

Le diedi altri tre colpi. «Siamo a metà.» Mi fermai per strofinare di nuovo. «Lo stai prendendo benissimo.»

«Grazie, padrone.» Sembrava un po' imbronciata, ma la trovavo adorabile.

Gli ultimi cinque colpi li diedi con lentezza e precisione uniforme, colpendo dove la coscia incontrava il gluteo, poi di nuovo su fino al centro del culo. «Brava ragazza,» la elogiai una volta finito. «Ora torna alla posizione precedente.»

Mentre obbediva, presi un lubrificante. Ne rilasciai una noce tra le natiche, poi lo massaggiai nel bocciolo del suo ano. Ci andai piano, aprendola con il dito, facendola gemere di piacere.

«Ti piace quando ti prendo il culo, bella umana?»

«Um...»

«Hmm?»

Non rispose. Risi. «È un no, ma non vuoi dirmelo? O è un misto di sì e no?»

«Un misto di sì e no» ammise.

Infilai e tirai fuori il dito dal suo culo. «Ti insegnerò ad apprezzarlo, dolce ragazza. Anche quando è una punizione, dovresti provare piacere.»

Gemette.

Rimossi il dito e mi sfilai i pantaloni, strofinandomi una generosa dose di lubrificante sul cazzo.

«Allunga le mani e tieni le natiche spalancate per me, cattiva di un'umana» le dissi.

Non avevo mai visto niente di così erotico o bello come la mia dolce compagna che obbediva ai miei ordini. Dovetti costringermi ad andarci piano, a strofinare tra le sue gambe per assicurarmi prima che fosse scivolosa e bagnata.

«Usa le dita» le dissi, allineando la cappella alla sua grinza posteriore. «Strofina questa dolce piccola figa mentre ti scopo il culo.»

Liberò le natiche e fece scivolare la mano sotto i fianchi mentre applicavo una leggera pressione per penetrarle l'ano.

Un brivido di piacere mi attraversò alla sensazione di reclamare il suo culo stretto. Progredii piano, premendo dentro e fuori con colpi uniformi mentre lei infilava le dita tra le gambe.

Quando iniziò a piagnucolare e gemere con più intensità, accelerai la velocità, abbandonandomi alla mia lussuria. La stanza girò e in qualche modo mi sembrò di percepire l'energia di ogni cristallo su Zandia pulsare con me, per me.

«Daven, devo venire!» Era bisognosa.

Il mio primo istinto fu quello di dire «Kazo, sì, vieni.» ma questa era pur sempre una punizione, dopotutto: l'avrei fatta aspettare.

«No» ringhiai, a malapena in grado di parlare attraverso la mia anticipazione. «Tieniti, mia dolce piccola umana. Non ancora.»

Gridò di frustrazione e il suono della sua voce mi spinse oltre il limite.

I miei coglioni si sollevarono e pomparono, e poi venni

con un ruggito, seppellendomi in profondità nel suo culo per riempirla con la mia essenza arcobaleno. Le afferrai i fianchi e la tirai a me con forza mentre il cazzo pulsava, spingendo dentro di lei il più profondamente possibile.

Quando fui esausto, le toccai la spalla. «Stringi le natiche, Sia. Assicurati che ogni goccia del mio sperma resti in quel culo cattivo mentre mi tiro fuori.»

Gemette. «Daven, devo venire.»

Allungai la mano e le diedi una pacca sulle natiche. «Ricordati le regole. Vieni quando dico io.»

«Sì, padrone,» sussurrò. La sentii stringersi attorno al mio cazzo, e *kazo*, ero pronto a farmelo venire duro un'altra volta.

«Oooh,» mormorò mentre tiravo fuori lentamente il cazzo.

«Potrebbe bruciare un po'», la avvertii. «Perché il tuo culo al momento è stato usato per bene.»

Probabilmente non avrebbe bruciato affatto, e se lo avesse fatto, sarebbe svanito. E dopotutto, l'avrei ricompensata per aver aspettato così gentilmente con un grande orgasmo.

Si agitò sotto di me mentre tiravo fuori il cazzo centimetro per centimetro. «Continua a stringermi» la avvertii.

Obbedì, mantenendo i muscoli del culo belli tesi.

Osservai e ascoltai alla ricerca di segnali che potesse essere troppo, ma gli unici versi che fece erano quelli di piacere.

Quando fui completamente fuori dal suo corpo, mi rilassai «*Kazo*» mormorai. «È così che mi piace vederti. Tutta nuda e distesa, con il tuo bel culo pieno del mio sperma.»

«Sì, padrone» fu tutto ciò che disse, ma sentivo la sua eccitazione che aumentava di minuto in minuto.

«Puoi lasciarti andare ora.» Le accarezzai la pelle. Rilassò il corpo e un po' di sperma arcobaleno uscì dal suo bel bocciolo di rosa.

Ora era certo: ero eccitato e pronto a ripartire.

«Dovrò punirti in questo modo più spesso» mormorai. «Forse la prossima volta metterò un piccolo tappo per assicurarmi che il mio sperma ci resti dentro più a lungo. Ti farò camminare in giro con quello finché non sarò pronto a venire di nuovo.»

Pensai che le piacesse l'idea perché anche se disse «nooo», si dimenò e si contorse.

Sorrisi e le accarezzai il culo, pensando a tutti i modi in cui avremmo potuto darci piacere a vicenda in futuro.

«È il mio turno?» Si girò e si allungò per darmi un bacio. Intrecciò le braccia intorno alle mie antenne. «Puoi *scoparmi* il culo quando vuoi, se lo vuoi, ma per favore lasciami venire!»

«Quasi.» Mi abbandonai per rilassarmi per un minuto, pensando a come darle piacere al meglio. Le sue mani sulle antenne mi stavano facendo impazzire, e mi piaceva. Non le avrei impedito di farlo se piaceva anche a lei.

«Continua così. Accarezzale più forte di quanto faresti con il mio cazzo. Afferrale con i pugni, Sia.» La mia voce era profonda di desiderio.

Lo fece, inizialmente esitante. Ma quando prese un ritmo e iniziai a gemere di piacere, si sforzò di più con le mani, guadagnando sicurezza.

«Sì tesoro, così. Continua.» Il mio corpo iniziava a vibrare di desiderio, ancora più di prima. Avere un'umana che mi toccava in modo così intimo era la cosa migliore che avessi mai provato.

Le accarezzai la pelle morbida, i seni, poi pizzicai un capezzolo. Il cazzo si indurì così come le antenne, e il doppio piacere mi fece quasi girare la testa per il bisogno di venire di nuovo. Mi sentivo più duro di quanto non fossi mai stato prima.

Ma volevo ricompensarla per la sua obbedienza prima di provare piacere, quindi le allontanai dolcemente le mani, anche se amavo la sensazione. «Sdraiati sulla piattaforma e allarga le gambe, tesoro. Penso che ti piacerà.»

Obbedì all'istante. «Daven, per favore.» La sua voce era piena di desiderio.

«Per favore cosa? Per favore metti la lingua in quella figa?»

«Sì, sì, proprio lì... aaaah. Oh!» gridò mentre le facevo schioccare la lingua contro il clitoride, per poi spingerla nella sua deliziosa essenza. «Daven, oh stelle, sto per venire.»

«Non ancora. Quando lo dico io» ordinai anche se non ero certo che uno di noi due potesse effettivamente aspettare ancora così a lungo.

La leccai lentamente, feci schioccare la lingua intorno al clitoride così velocemente che quasi vibrò. Quando gemette e si contorse, le afferrai le cosce, le allargai per avvicinare la testa il più possibile e la scopai con la lingua. Le mie antenne erano proprio contro la sua pelle e la pressione del suo corpo che si strofinava su di esse aumentò il mio desiderio. Era quasi troppo.

Era bagnata fradicia e non ne avevo mai abbastanza del suo sapore. La mia Sia. Mia.

Potevo farla venire con la lingua, ma volevo infilare di nuovo il cazzo nella sua figa.

«Ancora qualche minuto» le promisi, a cavalcioni del suo corpo. «Guardami, Sia.» Ci guardammo negli occhi mentre mi libravo su di lei, l'odore del nostro sesso nell'aria, e mi sembrò di guardare nella sua anima. Nella mia anima. Una combinazione magica del meglio di noi.

Feci scivolare il cazzo nella sua figa, senza distogliere lo sguardo dal suo viso.

«Vieni per me» sussurrai. «Rendilo il migliore che tu abbia mai avuto.»

Iniziai a spingere, delicatamente, poi più forte. «Quando sarai pronta» le dissi, «verrò anch'io.»

I nostri corpi erano viscidi per il sudore e sesso, e prima che ce ne accorgessimo chiuse gli occhi, e iniziò a emettere un acuto suono lamentoso. Poi strinse la figa attorno al mio cazzo e urlò il suo piacere, e questo fu tutto ciò che servì per farmi di nuovo andare oltre il limite. Io pompai ancora e ancora, entrambi venimmo insieme, finché la mia beatitudine non mi mandò quasi ai confini dell'universo.

«Dolce umana» sussurrai una volta finito. Uscii lentamente e la sollevai dal letto, portandola di nuovo al tubo del lavaggio.

Era inerte per il rilascio, quindi la tenni mentre pulivamo i nostri corpi una seconda volta, poi la portai sulla nostra piattaforma per dormire.

Era così preziosa per me. Non avevo mai capito prima come gli zandiani potessero legarsi così strettamente alle loro compagne umane, ma ora era radicata nel mio cervello. Questo piccolo essere era tutto per me.

Speravo solo che lei provasse lo stesso.

Si girò verso di me, appoggiandomi una mano sul petto. «Ti amo, Daven» mormorò.

Le parole mi trafissero il cuore.

Amore.

La mia compagna mi amava. Era un concetto umano, ma che molti qui avevano imparato a comprendere.

E ora, me ne rendevo conto, anch'io.

Questa bellissima femmina mi aveva cambiato completamente. Ero legato a lei tanto quanto lei lo era a me. Mi aveva mostrato cosa significasse fidarsi di nuovo. Prendermi cura. E sì, amare.

Le accarezzai un lato del viso e la baciai profondamente. «Ti amo, Sia. Mia dolce compagna.»

EPILOGO

Sia

Mi sdraiai sul tavolo del dottor Daneth mentre un piccolo dispositivo alato volava sopra e intorno al mio ventre gonfio.

Un ologramma del nostro bambino balzò in aria sopra di noi.

La mano di Daven si strinse sulla mia. «È un maschio.»

Aveva la voce strozzata?

Mi pareva di sì.

Daven era emozionato per questo piccolo tanto quanto me.

Stavamo ancora imparando a conoscerci. A ogni rotazione del pianeta, mi innamoravo sempre di più di questo maschio.

Era più di quanto avessi mai sognato. Non sapevo che esistessero maschi come lui. Ma eccolo qui: forte e bello. Protettivo. Premuroso. Amorevole.

Sarebbe stato il padre perfetto per i nostri piccoli.

Dopo il mio viaggio a Larew, ero stata chiamata davanti al re per rispondere dei miei crimini.

Daven mi aveva detto di essere completamente onesta su tutto. Lo avevo fatto, finalmente avevo sentito di non avere nulla da temere e avevo consigliato alle mie amiche di fare lo stesso. Dopo aver incontrato ognuna di noi individualmente e poi i nostri padroni assegnati, re Zander aveva decretato che potevamo rimanere su Zandia, a patto che fossimo state accoppiate con uno zandiano e che i nostri compagni avessero avuto completa fiducia in noi.

All'epoca ero l'unica del nostro gruppo in quella situazione, quindi le altre erano state messe in libertà vigilata, ma Daven era convinto che alla fine sarebbero state tutte accettate qui.

La tecnologia che somigliava a un insetto continuava a girare intorno al mio addome mentre Bayla registrava note vocali su un tablet.

«Aspetta» disse Daven, con una nota di allarme nella voce. «Cos'è?»

Guardai l'ologramma. Aveva ragione, il nostro bambino sembrava deforme.

Mi sedetti, le mie mani volarono verso la mia pancia.

Bayla non sembrava allarmata, però. Anzi, stava sorridendo.

Usò la punta delle dita per ruotare l'ologramma. «Quello» disse, ingrandendolo, «è un secondo bambino. E a me sembra una femmina.»

«Oh, dolce madre Terra!» esclamai. «Gemelli?»

«Sì» rise Bayla. «Sembra che tu stia per avere due gemelli.»

Daven soffocò una risata e mi prese tra le braccia.

«Aspetta» mi rimproverò Bayla con un sorriso, ma Daven mi stava facendo girare e mi stava baciando dappertutto.

«Gemelli! Non ci posso credere!» disse Daven. «Due al prezzo di uno! Possiamo far crescere la nostra famiglia a doppia velocità. Sono felicissimo.»

Risi, assorbendo la sua gioia, il suo amore, i suoi baci. Questo momento. Tutto ciò che la mia vita era diventata.

Era così al di là di ciò che avrei mai immaginato possibile. A volte ero così felice che mi sentivo male dalla gioia.

OTTIENI IL TUO LIBRO GRATIS!

Iscrivetevi alla newsletter di Renee per ricevere Indomita, scene bonus gratuite e notifiche riguardo a nuove pubblicazioni!

https://subscribepage.com/reneeroseit

ALTRI LIBRI DI RENEE ROSE

https://reneeroseromance.com/italiano/

I peccati di Chicago

La tana dei peccati

Radicato nel peccato

Uomo d'onore

Non provocarmi

Non tentarmi

Non costringermi

Dominami - la serie

Padrone reale

Sì, dottore

Padrone russo

Padrone marine

I suoi due padroni

Il padrone della segreta

Padrone di fuoco

Chicago Bratva

Preludio

Il direttore

Il risolutore

Posseduta

Il sicario

Il soldato

Un premio per l'Alfa

Una Sfida per l'alfa

Obsession Alfa

Desiderio Alfa

Guerra Alfa

Missione Alfa

Tormento Alfa

Segreto Alfa

La Preda dell'Alfa

Il sole dell'Alfa

Sangue Alfa

La luna dell'Alfa

Giuramento Alfa

La vendetta dell'Alfa

Fuoco Alfa

Salvataggio Alfa

Ordine Alfa

I lupi di Wall Street

Grande capo cattivo – Mezzanotte

Grande capo cattivo – Il folle della luna

Grande capo cattivo - La marchiata

Wolf Ranch

Brutale

Selvaggio

Animalesco

Disumano

Feroce

Spietato

Due Segni

Indomita (gratuito)

Tentazione

Deseada

Sedotta

Padroni di Zandia

La sua Schiava Umana

La Sua Prigioniera Umana

L'addestramento della sua umana

La sua ribelle umana

La sua incubatrice umana

Il suo Compagno e Padrone

Cucciolo Zandiano

La sua Proprietà Umana

La loro compagna zandiana (gratuito)

Le spose zandiane

Notte degli zandiani

Comprata dagli zandiani

Dominata dagli zandiani

Luci zandiane: il romanzo della festa aliena

Trattenuta dallo zandiano

Reclamata dallo zandiano

Rubata dallo zandiano

Salvata dallo zandiano

L'AUTORE RENEE ROSE

L'autrice oggi bestseller negli Stati Uniti Renee Rose ama gli eroi alfa dominanti dal linguaggio sboccato! Ha venduto oltre un milione di copie dei suoi romanzi bollenti, con variabili livelli di erotismo. I suoi libri sono comparsi su *USA Today's Happily Ever After* e *Popsugar*. Nominata *Migliore autrice erotica da Eroticon USA* nel 2013, ha vinto come autrice antologica e di fantascienza preferita dello *Spunky and Sassy*, come miglior romanzo storico sul *The Romance Reviews* e migliore coppia e autrice di fantascienza, paranormale, storica, erotica ed ageplay dello *Spanking Romance Reviews*. È entrata dieci volte nella lista di *USA Today* con varie antologie.

Iscrivetevi alla newsletter di Renee per ricevere scene bonus gratuite e notifiche riguardo a nuove pubblicazioni! https://www.subscribepage.com/reneeroseit

f facebook.com/Autrice-Renee-Rose-101548325414563
© instagram.com/reneeroseromance
♪ tiktok.com/@reneeroseromance